バナの戦争

ツイートで世界を変えた
７歳少女の物語

Dear World
A Syrian Girl's Story of War and Plea for Peace

バナ・アベド
BANA ALABED
金井真弓―訳

飛鳥新社

戦争で苦しんでいるすべての
子どもたちにこの本を捧(ささ)げます。
あなたはひとりぼっちじゃない

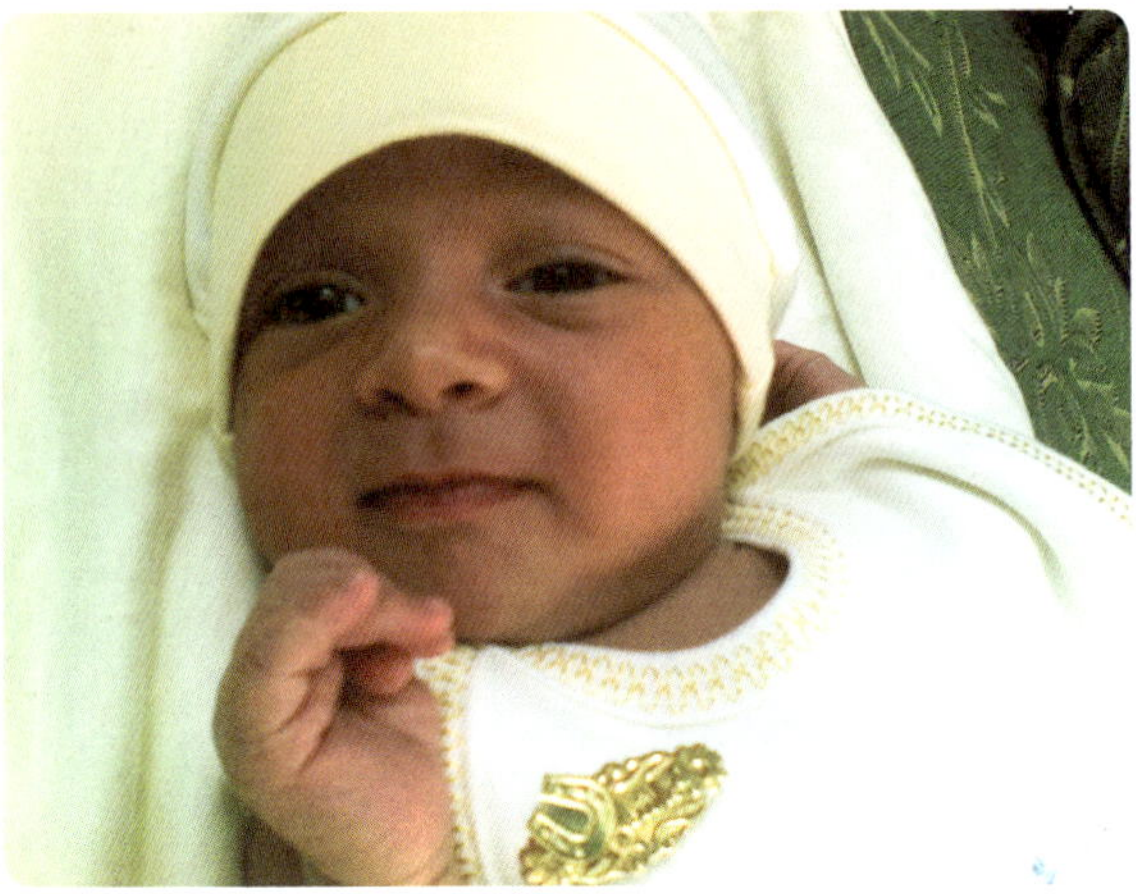

幸せな少女時代

戦争

ツイートで世界へ訴えた

Bana Alabed
@AlabedBana

We are dying

14 Oct 2016

Bana Alabed
@AlabedBana

I just want to live without fear_Bana #Aleppo

12 Oct 2016

Bana Alabed
@AlabedBana

I love peace more than anything else. - Bana #Aleppo

11 Oct 2016

Bana Alabed
@AlabedBana

Please don't steal from us our childhood Bana #Aleppo

10 Oct 2016

Bana Alabed
@AlabedBana

We are not armed, why do you kill us? - Bana #Aleppo

9 Oct 2016

Bana Alabed
@AlabedBana

Speaking for the children of Aleppo, I demand peace for us. - Bana #Aleppo

9 Oct 2016

Bana Alabed
@AlabedBana

Hi @hillaryclinton my name is Bana I'm 7 years old girl in Aleppo, can you #Standwith Aleppo children please.?

7 Nov 2016

Bana Alabed
@AlabedBana

I am sick now. The war started again, there's no medicine. Please pray for me dear world. - Bana #Aleppo

10 Nov 2016

Bana Alabed
@AlabedBana

Please stop the war, we are tired. - Bana #Aleppo

7 Oct 2016

Bana Alabed
@AlabedBana

I miss school so much. - Bana #Aleppo

7 Oct 2016

バナ・アベド　@AlabedBana

わたしたち、死にかけているの。　2016年10月14日

ただ、こわがらずにくらしたい。バナ # Aleppo
2016年10月12日

平和がいちばん好き。何よりも。バナ # Aleppo
2016年10月11日

おねがいだから、わたしたちの子ども時代をうばわないで。
バナ # Aleppo
2016年10月10日

わたしたちは武器を持っていません。なのに、なぜ殺されるの？
バナ #Aleppo
2016年10月9日

アレッポの子どもたちのために言います。平和をください。
バナ #Aleppo
2016年10月9日

こんにちは、@hillaryclinton　わたしはバナ、アレッポの7歳の女の子です。アレッポの子どもたちに何かしてくれませんか。

2016年11月7日

いま、わたしは病気なの。戦争がまた始まって、薬がありません。世界のみなさん、わたしのためにいのって。バナ #Aleppo
2016年11月10日

戦争をやめてください。もう、つかれちゃった。バナ #Aleppo
2016年10月7日

学校に行きたい、すごくすごく。バナ #Aleppo
2016年10月7日

「希望があるところには人生がある。
希望があれば、新たに勇気が湧（わ）き、ふたたび強くなれる」

——アンネ・フランク

はじめに

本を書けるなんて、とてもうれしいな。

わたしは本を読むのが大好きだったから。いままで書く練習はたくさんしてきた。けど、英語で本を書くのはとても難しくて、ママと編集者さんに助けてもらいました。

戦争についてわたしが覚えていること――楽しかったときのことも、こわかったときのことも、思い出せることは全部ここに書きました。ひとつも忘れずに、ちゃんと伝えられるようにがんばりました。

わたしの本をみなさんが気に入ってくれて、わたしと同じように戦争で苦しんでいる人たちを助けたいと思ってくれたらいいな。

母から娘へ

バナ、あなたがこの世に生まれてきたのは六月のとてもよく晴れた日だった。太陽がまぶしく輝(かがや)いていて、とても暖かくて、空には雲ひとつなかったのよ。私は病室の窓から外を見ていた。突き出したおなかに両手を当てていると、あなたが蹴(け)ったり、もぞもぞ動いたりしているのが感じられた。まるで「早く生まれたくてたまらない！」と言っているように。

人生を始めるのに、今日ほどすばらしい日はない――そう思った。つかの間、私は気の遠くなるような痛みも、これから起こることへの恐怖(きょうふ)も忘れてしまったわ。その代わりに考えたのは、あとどれくらいしたら両腕(りょううで)にあなたを抱いて、このベッドでいっしょにいられるかということ。あなたのすばらしい人生における、最初の貴重な時間が早く来ないかと願っていた。

あなたが生まれてきてくれるのを、私たちはずっと待っていた。あなたのパパと私だけじゃないのよ。おじさんたちも、おばさんたちも、そして初めての孫を見たくてうずうずしていた、おじいちゃんとおばあちゃんたちも。

家族が訪ねてくるたびに——とりわけアベドおばあちゃんから——こう言われたわ。

「そろそろ赤ちゃんが欲しいねぇ」

そんなことを言う人たちは知らなかっただろうけど、私はなかなか赤ちゃんができなくて苦労したの。一年以上もあちこちのお医者さんのところに行かなければならなかった。

赤ちゃんができなかったとわかるたびに、私はだんだんと怖(こわ)くなっていった。子どもは授(さず)からないんじゃないか、私は母親になれないんじゃないか、と。

そんなある日のこと。パパと私はお気に入りの場所、アレッポ城を散歩していた。古代の石壁(いしかべ)を見るといつも、私は安心感を覚え、平和な気持ちになった。

バナ、知っていた？　アレッポは世界でもっとも古くから人が住んでいた街のひとつなの。何千年ものあいだ、私が歩いているのとまさに同じ場所を歩いてきた先祖たちとのつながりを感じると、気持ちが安らいだ。

アレッポ城にはいつも家族連れや恋人たちがたくさんいて、その日も早春の一日を楽しんでいる人々でいっぱいだった。ごくありふれた、平和な毎日の連続——戦争が起こる前はそうだったの。パパは仕事に行き、私は買い物をしてアベドおばあちゃんが料理するのを手伝う。そして、夕食後は家族みんなで近所を散歩したものよ。

今ではとても考えられない日々だけど、私たちはそんな毎日が続くのをあたりまえだと思っていた。自分たちが歩いている場所が、何世紀もそこにあった建物が、まもなく何もかも壊されてしまうなんて、想像すらできなかった。でも、それはみんな後になって起きたことで、とにかくその日、パパと私は幸せだった。

パパは物静かな人だけれど、未来について話すときは生き生きする。あなたも知っているわね。ちょうどそのころ、パパはベビーベッドを買ったばかりだった。まだ赤ちゃんができていないのに縁起が悪いんじゃないか、と私は思った。でも、パパは楽天的なのよね。未来も、自分の夢や計画も、きっとすべてがうまくいくと信じて前進する人。パパのそんなところが、私は大好き。パパと私は散歩をしながら、どんな人生にしたいかと何時間も語り合っていた。

ふと、四歳くらいの小さな女の子が目に留まった。髪は長く豊かで、明るい灰色の目をした魅力的な顔だちで、その子が走ったり笑ったりする姿に、私たちは目が釘づけになった。あんな子が欲しいという思いが強すぎて、私はその場にくずおれそうになったほど。

そのとき、パパが私をふり返って言ったの。ぼくたちの子はきっとああいう子だよ、と。元気で、笑顔がすてきな長い髪の女の子。知らない人の目を、とらえて離さない。その瞬間、私は穏やかな気持ちになった。どういうわけか、わかったのよ。きっと妊娠するだろうって。あなたが私のところへ来てくれて、だれからも愛される女の子になるだろうってね。

シリアから持ち出すことのできた貴重な宝物がいくつかある。何枚かの家族写真、私たちの結婚式の招待状、あなたと弟たちが初めて散髪したときの髪の束。そしてあなたを身ごもったことを知った日の妊娠検査薬。未来を想って胸が高鳴ったあの気持ちを、今でも思い出せる。やっと母親になれるのだと、わかったときの気持ちを。そのときの私は、どんなことでもできる、未来は無限に広がっている、と心の底から感じたの。

九カ月後、あなたを腕に抱いたとき、大きな茶色の目が私の目とぴたりと合った。強い愛が奔流となって、体の中を流れているような気がしたわ。

あなたが健全な体と心に恵まれますようにとアラーに祈り、コーランにあるお気に入りの言葉を唱えた。

「黎明の主にご加護を乞い願う。彼がつくられるものの悪から、深まる夜の闇の悪から。結び目に息を吹きかける者たちの悪から。また、嫉妬する者の悪から」

これはあなたがお腹にいた間ずっと、読み聞かせてあげていた言葉。あなたに私の声が聞こえて、神のことを知って生まれてきてほしいと願って、何度も口にしたの。

それから私は、あなたの耳元で、あなたについての夢をささやいた。それがあなたが初めて聞く言葉となるように、私がささやいたことがずっと心に残るように、と。

あなたの名前はアラビア語で「木」という意味よ。強い女の子になってほしかったから選んだんだけど、バナ、あなたはそのとおりの女の子ね。強くて勇敢。それに、年に似合わないほどかしこい子。幼いころでさえ、あなたは身のまわりのすべてを観察して、何が起こっているのか正確にわかっているかのようだった。あなたは眠りたがらない子だったわね。どんな瞬間も見逃したくない！　という感じで。

　アベドおばあちゃんのところに、あなたのおじさんやおばさんたち全員と集まったときは、あなたも会話に参加しているみたいだった。ひざからひざへと手わたしされて、ほめそやされながら、きらきら輝く目でみんなの顔を見つめていたあなた。

　だれもがあなたと遊んだり、散歩に連れ出したりしたがった。とりわけネザールおじさんは、しょっちゅうあなたを公園や市場に連れていきたがるものだから、私たちはよくからかったわ。あまりにもかわいらしい赤ちゃんだから、きれいな女性たちがみんな足を止めてあなたをあやしたがるの。おかげでネザールおじさんは、彼女たちと話ができたというわけ。

　読むことを覚えたとき、あなたがどんなに喜んだか覚えている？　あなたはまだ三歳だったのよ、お利口さん！　でも、あなたはまるまるとした小さな指でお気に入りの本のページをたどり、集中して唇を噛みながら、ひとつひとつの言葉を丁寧に発音していた。そんなあなたを見て、私は天にも昇る気持ちだった。なんて好奇心の強い子なんだろうって。

学ぶことにいつだってとても熱心だったところは、私に似たのかもしれない。私は学校が大好きだったのよ。

私が学校に通い始めたころの、お気に入りの思い出があるの。今のあなたよりもちょっと小さかったころにお母さん、つまりサマルおばあちゃんに連れられて、毎日二十分の道のりを歩いて家に帰っていた。その道すがら、私はあまりにも興奮して、学校で習っていたことを何もかも話して聞かせたわ。自分の名前が書けることや、二桁の数字の足し算ができること、今が何時かを言えること。知りたいことがいくらでもあって、学んでも学んでも追いつかないような気がしていた。今のあなたと同じようにね。

だから、読み方を教えながら、私は思いをめぐらしていたの。あと何年か経ってあなたを学校に連れていく日のことに。あなたが私の手をつかんで、ワクワクするものについて話してくれる日が来ることに。夕食を作りながら、キッチンのテーブルで宿題をいっしょに考えることに。それは、どれほど楽しい日々になるでしょう。

まさか学校がすべて破壊されて、あなたが通学できなくなるなんて想像もしなかった。私たちはキッチンのテーブルで宿題をやる代わりに、その下にうずくまることになった。爆弾の雨が降り注ぐなかで。

わずか四歳の誕生日を迎えるまでに、あなたの子ども時代が悪夢に変わってしまうなんて、思いもよらなかった。どんな母親も我が子に願うはずの、安全で幸せで平和な子ども時代が、悪夢になってしまうなんて。

それでもバナ、あなたは三歳まで最高の年月を過ごしたの。戦争が起こる前のその三年間の思い出を、どうかなくさないで。プールでパパと泳いだこと、バカげた歌をつくって歌ったこと、観覧車に乗りたいと私たちにせがんだこと、バルコニーの小さな庭から漂ってくるジャスミンの甘い香り。

平和な日々を過ごした祖国の思い出が、あなたの心に刻みつけられていることを願っているわ。おじさんたちやおばさんたち、祖父母たちに囲まれていたころの気持ちを持ち続けていて。今ではみんなちりぢりになってしまったけれど、あのころの幸せな日々の記憶(きおく)が、あなたの中に失われずにあって、あなたを支え、希望と勇気の源となりますように。

バナ、かつてそこにあったすべてのものを心の中に収めておいてね。

それらは、本当に美しいものだったのだから。

わたしは笑顔で生まれてきた

わたしはにっこり笑って生まれてきたんだって。ママが言ってた。小さいときはいつも幸せそうだったとも。わたしは何ひとつ見逃(みのが)したくなくて、ちっとも寝(ね)たがらなかったらしいの。

小さかったころは、幸せになれる理由がいっぱいあった。

パパはいつもアルラビア・プールに泳ぎに連れていってくれた。わたしは水泳が大好きだったの。二番目に好きだったのは、ブランコに乗りにいくこと。それに、おじさんたちと市場へ行ってゼリーを買ってもらったっけ（いつも赤いのにしたの。一番おいしいのよ）。それから家族でよくレストランに行って、いろんな人とお話もできた。

アベドおばあちゃんの家に集まって夜ごはんを食べることもよくあったわ。いつでも大勢。何しろ、おじさんやおばさんがたくさんいて、おじいちゃんとおばあちゃんがふたりずついて、ひいおばあちゃんまでふたりいたから。

大好きな本はいっぱいあって、一番のお気に入りは『白雪姫』。王女様が出てくるお話はどんなものでも好きなの。

幸せだった理由はほかにもあるんだ。大きな理由が。

それは、まだ赤ちゃんの弟がいたこと。

妹が欲しくてたまらなかったから、ママが女の子を生みますようにってお祈りしてたの。でも、弟はとっても小さくてかわいくて、まるでお人形みたいにやわらかい黒い髪がたくさん生えてた。だから、男の子でもそんなに悪くないなって思った。

ママに赤ちゃんができたとわかったとき、わたしは妹につける名前を選んだ。お花っていう意味のワルダ。わたしは、お花が大好きだから。でも、男の子をワルダと呼ぶわけにはいかないでしょ。それで、弟はリア・モハメッドと名づけられた（リアはライオンっていう意味よ）。

モハメッドが生まれたとき、わたしはたったの三つだったけれど、ちゃんと面倒を見たのよ。おむつを替えなくちゃいけないときにママに持ってってあげたし、おもちゃを貸してあげたし、モハメッドが泣いたときには「シーッ、泣かないのよ」って言ってあげた。

夜、ソファの上でわたしがモハメッドをひざにだっこしていると、ママがとなりに座って本を読んでくれた。パパもやってきてお気に入りの椅子に腰を下ろし、ママが本を読む声に耳を傾ける。ママが本を読み終わると、わたしはパパのひざによじのぼって、ママはモハメッドをベッドに連れていった。わたしのこともベッドに連れていくようにママはパパに言うんだけど、パパもわたしも、こうやってくっついたままで眠ってしまうほうが気に入っていたの。

パパは子どものころに聞かされた話や、自分でつくった物語をよく聞かせてくれた。わたしが大好きだったのは、お母さん羊が子羊たちにお留守番をさせるお話。

お母さん羊は子羊たちに、「だれか来ても、秘密の合い言葉を言わなかったらドアを開けてはだめですよ」って言うの。それからオオカミがやってきて、これはお母さん羊なんだなと子羊たちに思いこませちゃうんだ。それで羊たちはドアを開けてしまって、オオカミに食べられちゃうのよ！　その場面がわたしは大嫌いだった。でも、お母さん羊は子羊たちをオオカミのおなかから助け出して、代わりに大きな石をいくつもつめこんでしまうの。

パパの胸に顔をつけていると、お話をしてくれる声が響いてきて、なんだか体の中が温かくなったわ。パパのひざの上が最高の場所だった。

こんな感じで、うちの家族には悪いことがほとんど起こらなかったの。わたしたちは恵まれているのよ、とママはよく言っていたわ。

このままずっと幸せでいられるんだと、わたしは思っていた。

わたしの夢は

わたしはずっとシリアで暮らしたかった。

だって、特別なところだから。

とてもとても古い国で、わたしの家はご先祖さまからずっとシリアで暮らしてきた。マレクおじいちゃんが言うには、自分がどこから来たかを知ることは大事なんだって。自分がだれなのかがちゃんとわかるためにね。わたしたちはシリア人だということを誇(ほこ)りに思うべきだよと、おじいちゃんは言ってる。なぜなら、シリア人は親切で正直だから。

家に百万シリアポンド（約20万円）のお金を置きっぱなしにしても、だれも盗(ぬす)んでいかないのよ。持っているものは何でも、おとなりさんたちといつも分け合うし、家族を大切にする。家族は何よりも大事だから。

わたしたちはいつだって人に思いやりを持って、裏切ったりしないで、アラーの神に正直でいたほうがいいって知ってる。わたしたちがいい人間でいられるように手助けしてくださいと、アラーの神にたくさんお祈りするの。

わたしたちはごくありふれた暮らしをしたい。それが大事なことなのよ。

おじいちゃんは子どものころ、いなかに住んでいたんだって。それで、大人になってからサマルおばあちゃんと結婚した。サマルおばあちゃんはアレッポで生まれ育ったから、こっちに引っ越したの。おばあちゃんの話だと、いなかのほうが静かで空気もおいしいから好きだとおじいちゃんはいつも言っていたらしいけどね。

ママとママのきょうだいはみんなアレッポで生まれた。パパとパパのきょうだいも。そしてみんなと同じように、わたしもアレッポで生まれた。

大きくなったら、親友のヤスミンとファティマや、ママとパパが暮らすところから通りをひとつへだてたところに、わたしは暮らすつもりだった。ちょうどママとパパが、おじいちゃんやおばあちゃんの家と通りをひとつへだてたところに住んでいるみたいに。

家族とわたしはいつでもいっしょにごはんを食べて、アレッポ城へ散歩に出かけ、笑わせっこをしたものよ。うちの家族はみんな笑うことが大好きだから、簡単だったけど。

わたしは先生になって、学校でシリアの子どもたちに英会話を教えるつもりでいた。

そういうことが、わたしの夢だったの。

パパがいなくなった

それから、ひどい毎日が始まった。

パパが連れていかれちゃったのがその最初。

ママとモハメッドとわたしはアベドおばあちゃんの家にいた。パパとパパの弟たちは通りにいたわ。

パパたちはいつものように市場の前で腰を下ろしていた。毎晩そこで、折りたたみ椅子に座ってアップルティを飲みながら、大きな声で話していたの。プレイステーションが一番上手なのはだれか、一番頭がいいのはだれか、一番人生がうまくいっているのはだれか、とかそういうこと。本気で腹を立てたりする人はひとりもいなかった。

パパと弟たちはみんなこのあたりで大きくなったから、それぞれの友だちもみんな集まってきていたわ。パパたちはティーンエイジャーみたいなふりをするのが好きなんだって、ママは言うの。わたしも混ざるときもあったけれど、よくからかわれたっけ。ちっこいくせに、いっぱしのおとなのつもりかい、って。

この日、アベドおばあちゃんの家でママとわたしが夜ごはんを作っていると、ネザールおじさんが駆(か)けこんできて、パパがあの人たちに連れていかれたって言うの。あの人たちっていうのは、ムハバラートのこと。シリアの大統領、バッシャール・アル＝アサドのために働いている秘密警察。

なぜパパは帰ってこないのかって、わたしはママにきいた。パパはどこへ行ったの？　いつ、うちに帰ってくるの？

「パパはすぐに帰ってくるわ、いい子ちゃん」

そう言ってママはわたしを抱(だ)きしめた。

「あの人たちはパパにききたいことがあるだけなの。何もかもだいじょうぶよ」

でも、その言葉が本当かどうか、わたしにはわからなかった。だって、だれもかれもが心配そうだったから。わたしたちが作った夜ごはんに手をつける人はいなかった。おじさんたちはみんな居間にいて、秘密警察がパパをどんなふうに連れていったかを話してた。政府軍はだれでもスパイだと思っているからなんだって。特に、男の人は。だれが味方なのかを知るために、質問してまわらなきゃだめなのね。

わたしのパパはスパイなんかじゃない。弁護士よ。困った人を助けて、物事が公平になるようにするのがパパの仕事なの。

パパがいない家に帰るなんて悲しすぎるから、わたしたちはおばあちゃんの家にいた。みんなでいっしょにパパのことを心配しているほうがましだった。

次の日も、パパは帰ってこなかった。どこにいるのかわからない。

わたしたちは一日じゅう、歌を歌おうとした。絵を描こうとした。本を読もうともした。けれど何をやっても、パパがいないことは忘れられなかった。パパに会いたいよ、とモハメッドは泣き続けていた。いままでパパがいなくなったことなんてなかったから。わたしはモハメッドにママの言葉を何度も言い聞かせた。

「パパはすぐに帰ってくるわ」

その晩、ママといっしょにお祈りした。どうか神様、パパを返してくださいと。

願いは届いた！　その次の日、パパは帰ってきたの。疲(つか)れたみたいで、ひどいにおいがしていたけれど、とにかくわたしたちはパパをハグした。パパは言った。

「パパは元気だよ。きっとだいじょうぶ」

でも、だいじょうぶじゃなかった。

すぐに、爆弾(ばくだん)が落ちてきたのだから。

爆弾、爆弾、爆弾

大きな爆弾が初めて落ちてきたとき、それが何なのか、わたしにはわからなかった。

いつもどおりの日だった。

わたしはモハメッドといっしょに、サマルおばあちゃんとマレクおじいちゃんの家にいた。ママが学校に行って、パパが仕事に行っている昼の間、おじいちゃんとおばあちゃんがわたしたちの面倒を見てくれていたの。ママは大学が大好きで、パパみたいな弁護士になれるようにと勉強していた。わたしは自分も大学へ行っているふりをするのが好きで、よく宿題用のノートにクレヨンで絵を描いていた。

その日、わたしは床に座ってお人形たちと遊んでいた――お気に入りはふたつ。ひとつはわたしみたいに背が高いお人形で、学校へ行っていたから制服を着ているの。

もうひとつはピンク色のドレスを着た赤ちゃん人形。わたしがおかしな声でお人形たちにしゃべらせるふりをすると、モハメッドはいつも声をたてて笑う。そんなことをしていたときだった。

とつぜん、**ドカーン！** という音がした。これまで聞いたことがない大きな音。あまりにものすごい音なので、ただ聞こえるだけじゃなくて、体の中に響いたみたいだった。音とおどろきのせいで、わたしの体はゼリーみたいにふにゃふにゃになってしまった。

どうしたらいいのか、わからなかった。だって何が起こっているのか、わからなかったから。

モハメッドは泣き始め、サマルおばあちゃんはキッチンから飛び出してきた。

「おいで、おいで！　窓から離れて！」

わたしたちはみんな窓のないキッチンへ駆けこんだ。

あの大きな音は何なの、ってわたしはおばあちゃんにきいた。アレッポのどこかに爆弾が落ちたのよ、とおばあちゃんは言う。

「爆弾って何？」

そうおばあちゃんにたずねたら、いろんなものをふき飛ばしてしまうものよ、と言われた。

恐ろしい考えが浮かんだ。

その爆弾っていうものが、もしもママやパパをふき飛ばしてしまったら？

そんな考えを追いはらおうとがんばったけれど、できなかった。

体がガタガタ震えていた。泣きたかったけれど、がまんした。

わたしは勇気があって強い子だって、ママはいつも言っていたから。神様がわたしをこんなふうにおつくりになったんだって。それは幸運だったと思うの。だって、そのときはまだ知らなかったけれど、強くないといけないときがいっぱいあったから。

しばらくすると玄関のドアが開く音が聞こえて、ママがキッチンに飛びこんできた。ママはわたしたちをしっかりと抱いた。

「だいじょうぶ？　だいじょうぶ？　だいじょうぶ？」

ママはわたしたちを抱きしめてキスしながら何度も何度もたずねた。わたしはなんともなかったけれど、ママの姿を見て泣き出してしまった。こわいのと、ママがいてくれてすごくうれしい気持ちがごちゃまぜになってた。

ママは仕事場にいるパパに電話した。パパは無事で、すぐにこっちへ来ると言った。抱きしめられると、ママの心臓がどきどきしているのがわかった。

「あなたたちのことが心配でたまらなかったのよ」とママ。

ママもこわがっていたけど、とても勇敢だった。こわいときでも、同時に勇気は出せるの。わたしにはわかる。だって、その日から何度となく、そんなことがわたしに起こったから。

サマルおばあちゃんもわたしとママを抱きしめた。おばあちゃんはいつもママのことを「わたしの小さな女の子」と呼ぶの。ママはもう大人なのに。

おばあちゃんはわたしたちが「備え」をしたほうがいいと言った。ママに、屋根裏まで行ってわたしが赤ちゃんのときに使ったベビープールを持ってくるように告げた。水が出なくなったときに備えて、水をためておけるようにと。

ママが屋根裏へ行ったとたん、また爆弾が破裂した。さっきのよりも大きくて、音ももっとすごかった。今度はわたしも悲鳴をあげてしまった。声を出そうと思ったわけじゃなくて、ひとりでに声が飛び出したの。ママは急いで階段を下りてきて、わたしを抱きしめた。サマルおばあちゃんはマレクおじいちゃんの手をにぎって言った。

「ああ、なんてこと。どうしたらいいの？」

でも、だれも答えなかった。

そのときから来る日も来る日も、爆弾、爆弾、爆弾。大きな飛行機がいくつも空を横切ってきて、あっちにもこっちにも、どこにでも爆弾を落とした。飛行機がうんと低く飛んでいて、パイロットの顔が見えることもあった。

あの人は知っていたのかな？

自分が人を傷つけ、殺してるんだっていうことを。絶対知ってた。でも、どうしてそんなことできるの？

ママにきいてみたけれど、ママにも答えがわからなかった。ほかにもいろんなことをママにたずねた。なぜ銃（じゅう）や爆弾でわたしたちを傷つけたいと思う人がいるの？　どうして戦いがあるの？

そういうことをたずねるたび、ママはわたしをぎゅっと抱いて、心配しないでと言うだけだった。早く戦いが終わりますように、わたしたちが無事でいられますようにとお祈りしなきゃね、そうママは言った。

毎晩ベッドに入る前に、わたしはお祈りを始めた。

「どうか戦争を終わらせてください」

また元のような毎日に戻りたかった。

ある晩、わたしのお祈りを聞いたママがこう言ったの。

「いつまでもこんなふうじゃないわ、バナ」

きっとママも悲しんでいたんだと思う。

「もうすぐこんなことはすべて終わるからね」

でも、終わらなかった。

わたしは爆弾の種類がわかる

戦争を経験したことがない人は、爆弾にはひとつの種類しかないと思うかもしれない。でも、実際にはいろいろちがった爆弾があるの。わたしは覚えが早いから、すぐわかるようになっちゃった。

どんな音がするかで、種類がわかる。

笛みたいに長くて甲高い音がして、大きくドカーンと鳴る爆弾。

車のエンジンがふかされるみたいな、ブーンブーンという音がしてから、ドカンと鳴る爆弾。

それから、落ちてくる間じゅう、バッ、バッ、バッと音がしている爆弾。これはクラスター爆弾（たる爆弾）で、小さな弾がいっぱい入った大きな爆弾。地面にあたると、するどい破片が一面に飛び散るの。

静かな爆弾もある。ほとんど何の音もしなくて、ドカーンと鳴ったら空を明るい黄色に照らす爆弾。空を明るくする光はリンと呼ばれるものよ。

あるとき、目が覚めたわたしはママを起こそうとした。もう朝だからと。でも、まだ真夜中よとママは言った。窓からお日様が見える、外は明るいよとわたしは言った。だけど、それは爆弾だった。

最悪なのが塩素爆弾。プールの水をきれいにしておくためには塩素というものが必要なの。泳いでいるときにはそんなもの、ちっとも気にならなかった。でも、空気の中に塩素が混じると、目がものすごく痛くて、泣いているわけじゃないのに、涙がいくらでも出てくる。

爆弾が落ちる音が聞こえたらどうしたらいいか、みんなわかっていた。

遠くの音なら、窓のない部屋に逃げこめばいい。家をすっきりさせるため、ママが古着なんかをいろいろしまっていた部屋に。

近くの音なら地下室に駆けこむか、少なくとも一階のウィサムおじさんのところまで下りる。食事をしている最中でも、飛行機の音が聞こえたとたんにわたしたちは立ち上がり、料理はそっちのけにして建物の地下まで駆け下りた。

うちの建物は四階建てで、わたしたちは二階に住んでいた。ウィサムおじさんとマーゼンおじさん、ネザールおじさん、そしておじさんたちの家族は、別の階に暮らしていたの。同じ建物にみんなが住むようになって、わたしはよかったと思った。とりわけ、いとこのラナが下の階にいることが。だってラナはいとこというよりも、わたしがいつも欲しいと思っていた妹みたいだったから。

みんな同じ建物に住んでいたから、地下室に駆け下りるときはいっしょ。地下室はふたつあった。どちらも暗くて寒くて、灰色のセメントの壁で、古ぼけた道具や箱が置いてあったわ。電気はなかった。懐中電灯があるときもあったけれど、たいていは暗闇の中でただ座っていないといけなかった。わたしは地下室が大嫌いだった。でも、アパートにいるよりは安全だから仕方なかった。

爆撃がやむまで何時間も地下室にいなくちゃいけないこともあったわ。それから部屋に戻ると、料理は冷たくなっていてだれも食べたがらなかった。わたしたちは料理を片づけてベッドへ行った。そしてまたお祈りをしたの。

戦争を忘れて暮らす方法

イード・アル＝フィトル（小イード）はわたしが大好きな祝日。イスラム教徒がラマダンの終わりを祝うものなの。ラマダンの期間はまる一カ月あって、大人は昼の間、断食(だんじき)する。それから、ラマダンが終わったことを祝宴でお祝いするの。楽しい祝日よ。とにかく、戦争が起こる前は楽しかった。

小イードのために家じゅうをそうじするから、何もかもピカピカでいいにおいがする。それに新しい服とくつをもらえるの。いろんなものを買えるように、お店はひと晩じゅう開いてる。それからすごい宴会(えんかい)があるの。ごちそうがこれでもかってくらいに出るから、食べて食べて、しまいにはおなかが痛くなってしまう。そして特別なお祈(いの)りがあるの。

わたしたちは小イードを祝うためにおばあちゃんの新しい家にいた。わたしはおばあちゃんたちの前の家のほうが好きだったんだけど。

おばあちゃんの前の家はとても広かったから、わたしたちは思い切り走りまわれた。ランニングマシンがあって、歩いてみるとおもしろかったっけ。大きなバルコニーもあった。わたしはお人形をたくさん置いていて、お人形たちもうちよりおばあちゃんの家のほうが気に入っていたみたい。

でも、一番よかったのは東アレッポに住んでいるわたしたちの家に近かったこと。わたしはほとんど毎日、おばあちゃんたちの家に歩いていった。

でも、政府軍が東アレッポを爆撃し始めると、おばあちゃんは爆弾や大きな音がこわくなって、西アレッポのアパートに引っ越すことを決めた。そっちのほうが安全だった。政府軍を支持する人や、政府で働く人たちが大勢住んでいるところだったから。東アレッポと西アレッポの間は危険だった。自由シリア軍が政府軍と戦っている場所だったから。兵士がたくさんいて銃もいっぱいあって、毎日、だれかが殺されていた。

戦争中だったけど、小イードの祝宴後はみんなが楽しい気分になった。爆弾のことなんか忘れて、ふだんどおりに暮らすようにしなきゃねって、ママはいつもわたしたちに言ってくれたし、それがうまくいくこともあった。

ラナとわたしは小イードのために買ってもらった新しい服でお姫さまごっこをした。わたしはお気に入りのプリンセスのラプンツェルになりきっていた。ラプンツェルみたいな長い髪にしたいから、絶対に切らないつもり。

ママにサマルおばあちゃんから電話がかかってきた。ママの妹、エマンおばさんが撃たれたっていうの。おばさんは大学で試験が終わってから、イードのためにサマルおばあちゃんのところへ車で向かっているとちゅうだった。アレッポの西部から東部へと走っていた車は全部、政府のヘリコプターがねらい撃ちしていて、おばさんも撃たれた。脚に銃弾が当たって、病院へ行かなくちゃならなかった。

きっと、こわかったと思う。脚からいっぱい血が出たはず。おばさんに会ってハグしてあげたくてたまらなかったけれど、おばさんのいるところは遠すぎたし、アレッポの東側に戻るのは危険すぎた。

危ない思いをしてもわたしたちが東側に向かうのは、アベドおばあちゃんのところに行くときだけだった。それも昼間だけで、その日に戦いがたくさんあるかないかをよく見てからだった。どれだけちゃんと確かめても、東へ行くのはいつもこわかった。何が起こるかわからないのよ。

エマンおばさんはいなかにある病院へ運ばれた。そっちのほうが安全だったし、東アレッポにある病院の多くは爆撃を受けてもうだめになっていたから。エマンおばさんは二週間入院したあとで家に帰ってきた。

おばあちゃんの家にエマンおばさんが戻ってきたとき、やっとしっかりハグしてあげられて、わたしはうれしかった。まるで太ったミミズみたいな、赤黒い傷あとがおばさんの足にあるのは見たくなかったけど。

でもマレクおじいちゃんったら言ったの。エマンおばさんが「新品みたいにピカピカ」だって。

おじさんが誘拐された！

それから、ひどい日がどんどん増えた。

ある日、マーゼンおじさんとヤーマンおじさんがいなくなっちゃった。ふたりは朝ごはんを買いに出かけていったきり、帰ってこなかった。パパのときみたいに秘密警察がおじさんたちを連れていったんじゃないかって、わたしたちはとても心配した。

でも、それからパパのところに電話があった。電話をかけてきた男の人はおじさんたちを預かっていて、返してもらいたかったらお金を払えだって。

おじさんたちがみんな集まって、どうしたらいいかと考えながら早口で話し合っていた。誘拐犯はわたしたちが払えないほどのお金を要求してきたわ。パパは犯人に電話して、もっと少ない金額にしてもらえないかとたのんだ。

犯人たちと話して取引をするのは、パパの役目だった。わたしが一番年上なのと同じで、パパは一番年上だから。それから、お金を取りにいくためにマレクおじいちゃんがウィサムおじさんのところへ車で行った。おじいちゃんとウィサムおじさんはカステロ通りのゴミ箱にお金を置いてくることになっていた。

「気をつけてね」

みんながウィサムおじさんに言う。アベドおばあちゃんは特に心配していて、出発する前におじさんを抱（だ）きしめていたとき、離（はな）れたくなさそうだった。誘拐犯にだまされているんじゃないかと、わたしたちは不安だった。お金は取るけれど、マーゼンおじさんとヤーマンおじさんを返してくれないんじゃないかって。

アベドおばあちゃんはわんわん泣いて言った。

「あの子たちが死んでいたらどうしよう？」

おじさんたちは死んでいないわ！　わたしはおばあちゃんに言った。おばあちゃんのひざに頭をのせて続けた。

「何もかもきっとだいじょうぶ」

それはママがいつもわたしに言ってくれていた言葉だった。

おじさんたちは生きて帰ってきた。一日じゅう待たないといけなかったけれど、暗くなる前におじさんたちは帰ってきたのよ！　疲れて悲しそうだった。連れていかれたパパが帰ってきたときみたいに。でもとにかく、けがはしていなかった。誘拐した男たちはずっとおじさんたちに目隠しをしていたから、だれだったかはわからなかった。

このことがあってから、マレクおじいちゃんはこの国があまりにも危なくなってきたと言った。戦争のときは、どっちの側につくのか決めなくちゃいけないの。特に男の子は。政府軍のために戦わなければ、反逆者だと思われて秘密警察に連れ去られてしまう。だからマレクおじいちゃんは言ったの。ママの弟のマヘルおじさんとアハマドおじさんはもうシリアから出たほうがいいって。

最悪の気分だった。おじさんたちが大好きだったから。お菓子をくれるし、わたしが姪じゃなくて、おじさんたちの妹みたいだっていつも言ってくれたのよ。そのおじさんたちが遠いエジプトへ行ってしまう。

お別れをするために、みんなでサマルおばあちゃんのところへ行った。おじさんたちが国を出ていかないといけないなんて、わたしには信じられなかった。さみしくて、しかたがなかった。

「行かないで。わたしたちといてほしいの」とわたしがお願いすると、「ぼくたちだって出ていきたくないんだ」とおじさんたちはさみしそうに言った。

おじさんたちが車に乗ると、わたしは外に駆け出した。通りまでずっと車を追って走った。戻ってきなさいとわたしを大声で呼ぶママの声が聞こえる。でもわたしは走り続けた。車に遅れないように。脚は痛くなる。息がぜえぜえと切れる。

マヘルおじさんは窓からずっと手をふっていた。車が見えなくなる直前、おじさんの声が聞こえた。

「バナ！　近いうちに会おうな！」

でも、もう二度と会えなかった。

撃たないでくれ！

わたしは、なんだか爆弾に慣れ始めてしまっていた。

でも、爆弾のほかにも恐ろしいものがたくさんあった。たとえば、イード・アル＝アドハー（大イード）のときに、わたしとママがアベドおじいちゃんとおばあちゃんの家にいたときのこと。

この祝日は、ハッジが終わったことを祝うものなの。ハッジっていうのは、イスラム教徒にとってもっとも聖なる場所、メッカへ巡礼すること。メッカでは神様のそばにいると感じられるのよ。イスラム教徒は、一生に一度はハッジをすることになっている。ママは十六歳のときにハッジをした。

わたしたちは一週間ずっとおばあちゃんの家にいた。最初の晩、パパはウィサムおじさんの服屋を手伝っていていっしょに来られなかった。大イードのときはみんながお祝い用に新しい服を買うので、お店は特にいそがしいの。わたしは大イードのために、スパンコールのついたピンク色のバービー・ブーツを買ってもらった。とっても気に入って、一日じゅうそれをはいていたわ。ブーツをはいたまま寝させてとママにお願いしたけれど、ベッドに入るときはぬがなきゃだめよと言われちゃった。だから、朝になって目が覚めたらすぐにはけるように、ブーツをすぐ横に置いといた。

バッ、バッ、バッ、バッ、バッ。大きな音で目が覚めた。この音、知ってる。銃の音だ。

ラナとモハメッドも起きた。わたしはふたりに言った。外で兵士が戦っているのよ。大人たちはアパートを駆けまわって悲鳴をあげ、何が起こっているのか理解しようとしていた。どうして兵士たちがおばあちゃんの家を取り囲んで、銃を撃っているのか。

激しい銃撃だったので、窓のそばへ近寄るのは危険すぎた。手榴弾（飛行機から落とすんじゃなくて、手で投げる爆弾のことよ）の音も聞こえた。あちこちで爆発している。廊下へ出るドアを開けると、おとなりさんたちも銃撃の音や兵士たちのわめき声を聞いて、泣きさけんでいた。

「あれは何？」

「どうしたんだ？」

「なぜ、この建物に向かって撃っているの？」

だれもがさけび、こわがっていた。

みんなで地下室へ駆け下りることにした。大急ぎよ。パジャマしか着ていなかったから、地下は寒かった。あまりにも急いで逃げ出さないといけなかったから、新品のバービー・ブーツをはく時間もなかった。ほら、やっぱりブーツをはいたまま眠ればよかった、とわたしは思った。

近所の人たちはみんな家族で身を寄せ合って温まろうとしていた。何時間もたったけれど、聞こえてくるのは相変わらず銃を撃つ音と兵士たちのわめき声だけ。

わたしたちはとても疲れて、おなかがすいていた。食べるものも水もなかった。

おなかがすいたよと、小さな男の子がずっと泣いていた。地下に逃げこむことに慣れてないんだろうなとわたしは思った。西アレッポに住んでいるからだ。モハメッドとわたしは地下室でどうやってお行儀よくするか、どうやってがまんして静かにしていたらいいかを知っていた。

泣いている子のお父さんは、わたしのおじさんたちと話して、階段のてっぺんに上がることにした。子どものために食べ物や水が必要だから、この建物から出させてほしいと兵士たちに伝えるためだ。

「おれたちを撃たないでくれ！　おれたちは一般市民だ。ここはわが家なんだ。出してくれ！」

銃を持っている兵士たちにおじさんの声が聞こえるとは思えなかったけれど、ひとりがどなり返した。

「よし、すぐに出ろ！　今すぐにだ。五分だけ時間をやる！」

わたしたちはみんな地下室から階段を上がって外に出て、建物のそばにくっついた。かくれんぼでもしているみたいに。そして、思いっ切り速く走った。かけっこでもしてるみたいに。外はもう暗くなっていて、地下室よりも寒かった。うすいパジャマで裸足のわたしはぶるぶる震えた。

わたしたちがとなりの建物に駆けこむと、そこに住んでいる人たちがむかえてくれて、毛布や水を持ってきてくれた。長い間飲んでいないと、水って本当においしいものなのよ。かわいたのどを流れ落ちていっておなかに入っていく感じもすてきなの。水がわたしのおなかに入っていくのがちゃんと感じられた。何も食べないでまる一日過ごしていたあとで、おなかは空っぽだったから。

おじさんのひとりがこの建物の人たちに、何が起こっているのかと質問した。政府軍のために働いている重要な人が、おばあちゃんの住んでいる建物にいたらしかった。だから反政府軍がその人をつかまえようと、建物を取り囲んだみたい。

さらに何時間かたつと、真っ暗になって、静かになった。そして雨が降り始めた。兵士たちが帰ったので、わたしたちも家に帰れた。マレクおじいちゃんにむかえに来てほしいと電話した。車は一台しかなかったし、東アレッポへの道は一度通るだけでもうんと危険だったから、何度も往復はできない。だから一台の車に家族十一人を乗せないといけなかった。男の人が四人、女の人が四人、そして子どもが三人。

どうやってみんな乗れたのかわからない。みんなずぶ濡(ぬ)れになって、寒さで凍(こご)えていた。くさいにおいがして泣いているモハメッドがかわいそうだった。一日じゅう取り替（か）えられなかったので、モハメッドのおむつはとてもよごれていた。イードの食事での楽しい時間はあまりにも前のことみたいで、ほとんど思い出せなかった。

家に着くと、わたしたちのことをとても心配していたパパに、何があったかを全部話した。おじいちゃんとおばあちゃんが次に住むところを見つける。そうパパは言った。

「そろそろ、おじいちゃんとシリアを出ていく計画を立てなくっちゃ」

そう言うと、おばあちゃんはめちゃくちゃに泣きじゃくった。

安全な場所は、なくなった

何日かたったあと、マレクおじいちゃんの車に乗って、わたしたちはアベドおばあちゃんの家に戻った。家から逃げ出したときに置いてこなくちゃいけなかった荷物を全部取ってくるために。

わたしもついていくことにした。だって新しいブーツを持ってきたかったから。

アパートの前に車を停めたとき、マレクおじいちゃんが言った。

「さっと中に入って、さっと出てこなくちゃあな」

でも、家に入ると政府軍の兵士たちがいた。まるで自分たちの家みたいに、おじいちゃんとおばあちゃんのアパートにいたの。モハメッドよりも大きな銃を持って。兵士たちはおこってわめき始めた。きたない黄色の歯をした男は、口からつばを飛ばしながら話した。この家に住んでることを、おまえたちのだれかが反政府軍に告げ口したにちがいない！

わたしたちはだれもそんなことをしてない。そもそも、兵士たちが住んでいることさえ知らなかったんだもの。

兵士はわたしたちを信じなかった。「おまえの家族の男どもはみんな反政府軍のために働いているにちがいない」。兵士はママに言った。「夫とほかの兄弟に電話して、すぐ来るように言え。さもないと、こっちから探しにいく」。

うちの住所もたずねられた。信じてもらえなくて、こわかった。パパはモハメッドと家にいる。もしパパが兵士に連れていかれたら、モハメッドのそばにはだれがいてあげられるの？　もしかしたら兵士はモハメッドも連れていってしまうの？　わたしにはわからなかった。

「さあ、電話をよこせ」

兵士は言った。ママはスマートフォンを持ってこなかったと答えた。そして、続けて言ったの。「バナをトイレに連れていかなくちゃ」。わたしはトイレになんか行きたくなかったんだけれど。

バスルームに入ると、ママは言った。

「シーッ」

そしてスマートフォンを取り出した。ママは服の下に電話を隠していた。とてもかしこい。ウソはついちゃいけないことになってるけれど、今みたいなときはついてもかまわない。

ママはパパに電話してひそひそ声で話した。

「ガッサン、政府軍の兵士がここにいるの。彼らは、あなたたちをみんな連れていきたがってる。もし、わたしたちの身に何か起こったら、政府軍のしわざよ」

あなたを愛しているわ、と最後に言ってママは電話を切った。トイレは使わなかったけれど、水を流した。わたしはここから出たくなかった。もしも、兵士たちがわたしたちを撃とうと思ったらどうなるの？

ママにきつく手をにぎられると、少しだけ元気が出た。

わたしたちは居間に戻り、それから四時間以上、兵士たちに見張られてそこにいた。とうとう、兵士たちはわたしたちに出ていってもいいと言った。ただし、二度と戻ってくるな、とも。

できるだけすばやくおばあちゃんの物を集めようとしたけれど、もう兵士たちにほとんどの物をとられていた。パソコンもテレビもシーツもタオルも服も。

運よく、わたしのバービー・ブーツはそのままだったけれど、そのことで喜んだらいけない気がした。アベドおばあちゃんがとても悲しんでいたから。

おばあちゃんはまた泣いた。なんだかアベドおばあちゃんはいつも泣いている気がしたけれど、どうやったら元気にできるかわからなかった。

今ではおじいちゃんとおばあちゃんが行く場所はどこにもない。東アレッポは危険すぎるし、わたしたちは西アレッポには二度と戻ってこられない。

安全なところなんて、もうどこにもなかった。

戦争なんて大嫌い

大きな爆弾が落ち始める前、わたしはサマルおばあちゃんとマレクおじいちゃんの家に行くこともできたし、週に何日かは学校に行けた。わたしは文字や色について学んでいて、新しい本をたくさん読んでいた。学校へ行くのはいつでもワクワクした。

ある朝、わたしはいつものようにベッドから出て、着がえをするためにママを探した。でも、ベッドから出たとたんに近くで爆弾が落ち始めた。床にたおれこんで両耳を手でふさぐ。

ドカーンという音がしたあと、何かが割れた。拍手みたいだけれど、もっと大きな音だ。窓ガラスがみんな粉々になっていた。何百万ものするどいガラスのかけらがベッドの上に降りそそいだ。ついさっきまでわたしが寝ていたところに。

バナ!!　ママが金切り声でわたしの名前を呼んだ。その顔は雲みたいに真っ白になっていた。

だいじょうぶよ、とわたしが答えると、パパはママとわたしをとびきりきつく抱きしめた。そして窓ガラスを直すために、おじさんたちを探しにいった。

窓ガラスを直すみたいに、戦争で壊れた世界も直すことができたらいいのに。

爆弾の音を聞いても、わたしは泣かなかった。でもママとパパが「もう学校へは行かないほうがいい」と決めたときは泣いてしまった。学校にも爆弾は落ちるから、安全じゃない。政府軍は学校が好きじゃないから、いっぱい爆弾を落とすの。

泳ぎにいくことも、公園に行くこともできなくなった。せっかく泳ぐのがうまくなってきたところだったのに。仲良しのヤスミンとも外で遊べなくなった。大きな爆弾が落ちてくるかもしれないから。ママも大学へ行くのをやめた。とにかくどこもかしこも危なすぎる。

大好きだったいろんなことが、できなくなった。のどがふさがるような気がした。

戦争なんて大嫌い。

娘へ2

バナ、あなたを守るのは私の務めだったのよ。どんな母親にとっても、子どもの安全を守るのはもっとも優先すべきこと。2012年の夏、アレッポに大量の爆弾が落ち始めた最初の日、これからどんなにつらいことになるかを悟ってゾッとした。初めて無力感というものに襲われたの。そのあと何度も何度もそれを感じることになるのだけれど。

あの日はすばらしい一日になるはずだった。大学で期末試験があって、私は手ごたえ十分で喜んでいた。あなたとモハメッドをベッドに入れてから夜遅くまで勉強した一週間が報われた、そう思っていたの。

私はいい成績をあげて大学生活を楽しんでいた。あと二年通えば法律の学位を取れる、それから先の自分のキャリアはどうなるだろう、と思い描いていたの。教えることを私がどんなに好きか、バナは知っているわね。自分がもっとも情熱を持っているふたつを結びつけて、ロースクールの教授になろうと思っていたのよ。

試験の間じゅう、爆撃の音が聞こえ続けていた。気持ちを乱されるものだったけれど、みんな懸命に無視していたわ。私たちは爆撃に対していくらか訓練ができていたからだけど、爆撃音がＢＧＭみたいに思えるなんておかしいわよね。まるで鳥の声や雨音と同じようだなんて。

あの日を境に、戦いの規模が変わった。戦闘機が何機もやってきて、アレッポで空襲が始まったの。

試験の後でバスに乗っていたとき、空が爆発した。夕食に何を作ろうかなんて考えていたときで、初めは何が起こっているのかまったくわからなかった。ありふれた表現だけれど、ひどい映画でも観ているようだった。

私もほかの乗客たちも、恐怖に襲われ、混乱していたわ。通路を挟んで私の向かい側に座っていた女性は、思いつめたようすでお祈りを始めた。

アル・サハール橋をバスがわたったとき、少し遠くで黒煙が大きな雲のようになっているのが見えた。そこはあなたがいる、おばあちゃんの家のそば——私はパニックになった。

あなたのおばあちゃんの家までの三十分間は、人生でもっとも長い時間だった。子どもたちに災難が降りかかっていないかと想像することは、たとえそれがたったの一秒だとしてもこのうえなく苦しい時間なの。

そのときの私はまだスマートフォンを肌身離さず持ってはいなかったから、パパやおばあちゃんに連絡して、みんなの無事を確かめる方法さえなかった。私にできたことといえば、ひたすら待って心配するだけ。

だから、やっとのことでおばあちゃんの家に着いてあなたとモハメッドを抱きしめ、ふたりが無事だとわかったときは、あなたたちが生まれたときよりもうれしかった。でも、悪夢が現実にならなかったというその喜びも、長続きしなかった。また爆弾が落とされて、戦争が始まったから。

おそらく私たちは、もっとしっかり準備しておくべきだったのよ。アレッポでの戦争に対する準備を。

何年も前に、この戦いの種はいくつもまかれていた。「アラブの春」が招いたほかの国での争いや混乱を、私たちは見てきた。どこかで政権が倒れ、指導者たちが退けられたり殺されたりするさまを見てきた。でも、そういうことははるか遠くの話で、絶対にシリアでは起こらない——手遅れになるまで、だれもがそう信じていた。

シリアでは文句なしの生活が送れて、どこも平和だった。少なくとも、うちの家族のように中流階級で教育を受けている人たちならば成功するチャンスはあったし、家族で力を合わせていい暮らしを築くことができた。それは両親が私のためにしてくれたことであり、祖父母が両親のためにしてくれたことであり、昔から同じようにくり返されてきたことだった。

バナ、シリアでの幸せな暮らしは、あなたが生まれながらに持つ権利だったわ。それが奪われてしまったの。

シリアで武力衝突が始まった——２０１１年、ダルアで暴動が起こり、政府軍によってティーンエイジャーたちが逮捕され、むごたらしく殺害された——のは、学校でスプレーを使ってアサド政権に反対する落書きをしたというのが理由だった。私たちは衝撃を受け、絶句したけれど、それでもまだ自分には関係ないことだと思っていた。悲劇ではあっても、現実には思えない。他人の苦しみをそう感じるのと同じように。

アレッポでは反政府勢力の存在など感じなかったし、そういう小競り合いや反乱はだんだんに消えるか解決されるか、あるいは抑えられるだろうと信じていた。

でも、政府軍があなたのパパを連れ去ったとき、私は取り乱した。あれはわが家に起こった最初の不穏な出来事だったし、政府軍がどんなことをするか恐ろしい話をいくつも聞いていたから。彼らは想像すらできないほどの拷問をするとか……。

でも、あなたのパパと私は政治的な活動に関わっていなかった。政府に賛成でも反対でもなく、必死に働いて家族を養いたいと思っていただけ。目をつけられるようなことをパパは一切していないのも、私にはわかっていた。

だから、夫が急にいなくなってしまうなんてことはシリアじゅうの妻たちに起こっていたけれど、私たちが二度とパパに会えないなんて考えようがなかった。

私にとってはポジティブな考え方こそ、恐怖や絶望に対する武器だったの。そのときから私は、まるで消えない火のように希望を持つことにしてきた。

でも、ポジティブに考えようとすることは人間の一番の強みであり、同時に弱みでもあるのよ。遠くの海のさざ波のように思ってしまっていた戦争がだんだん勢いを増し、アレッポに達したときには津波ほどになっていた。その津波は激しい勢いでぶつかり、まったく無防備だった私たちを襲った。そして、私が大学から帰宅する途中だったまさしくあの瞬間に、戦争は私たちの生活にどっと入りこんできたの。

どこまで状況が悪化するのか、私たちにわかるはずもなかった。アレッポが最後にどうなるか、またどれほどの恐怖が自分たちを待ち受けているのか。初めからわかっていたなら、私たちはきっとシリアを去っていたはずよ。

実際、多くの人が国を出ていった――少なくとも、まだシリアを出ていくことができたころは。

うまくやっていけた人もいたけど、孤独や貧困に苦しむひどい話もたくさん聞いた。難民キャンプで暮らすことになったり、行きたくもない国へ向かう途中に、危険な海や砂漠を横断していて亡くなったりした人もいた。

自分の生活も、なじみの人も物も場所もまるまる捨てて難民になるのは大変なことよ。たしかに私たちは爆撃におびえていたけれど、何もない状態から人生をやり直すのも、同じように怖かった。

たとえ暮らしに困らなくてすんだとしても、いったいどんな人生を送ることになるの？　パパはどんな仕事をしたらいいの？　お金は？　友だちはできる？　あなたは学校へ通えるのかしら？

いくら生活をめちゃくちゃにされていても、未知の暮らしも恐ろしいものだった。「祖国の雑草のほうが異国の小麦よりもいい」ということわざがシリアにはあるわ。私たちがどれほど強く祖国との結びつきを感じているか、どれほど深く忠誠心を覚えているかがよくわかるでしょう？

それにね、私たちは狭いわが家を愛していたの。パパと私が築いた家、愛やたくさんの思い出がつまった家を。

そういえば、エアコンのお話をしたことがあったかしら？　うちの親類でエアコンを持っている人はだれもいなかった。やけどしそうなほど気温が上がる真夏でさえ、私たちはいつもなんとか耐えしのいでいた。エアコンはぜいたく品だったのよ。

あなたを病院から家へ連れて帰った日、そう、あの暖かい六月の午後のこと。あなたにはうちが暑すぎるんじゃないかとパパは心配したの。そしていきなり飛び出していったかと思うと、エアコンを買ってきて、子ども部屋に取りつけた。汗だくでうめきながらエアコンを取りつけているパパを見て、わたしは大笑いしたわ。これまでだってエアコンなしで平気だったのだから、この子も平気よと私は言った。でも、パパは譲らなかった。

「この子が快適になるようにしたいんだ」って言いながら、この世で一番大切な宝物だといわんばかりに、あなたを見下ろしていたの。バナ、本当にあなたは宝物だったのよ。

とても些細なことだし、もしかしたらばかげたことかもしれない。でも私にとって、あのエアコンはパパの愛情と、あなたがいつも幸せで居心地よくいられるようにするというパパの努力のシンボルになったの。

ほかにもある。あなたの服や本、人形やいろいろなもの。どれもパパと私がお金を貯めて買ったぜいたく品なのよ。五カ月ずっと貯金して、さらにパパが初めて大きな訴訟で勝ったあと、ようやく買えたテレビも。テレビを買えるなんて、私たちはずいぶん大人になったと感じたわ！

これらが単なる〝物〟だと私はわかっている。〝物〟は取り替えがきくということも。それでも、物は大切な存在になり得るのよ。愛情をこめて買われ、集められた物。そうした物は家庭をつくる。家庭こそ、あなたが安心感を覚え、愛されていると感じるところ。ここが大切なの。とても大切だわ、何よりも。

だから「とどまるべきか、出ていくべきか」という選択肢は、どっちを選んでも地獄だった。もっとも、それも選べる余地があったころの話だけれど。いつの間にか、私たちはとらわれて国を離れることなどできなくなってしまったのだから。

もしも出ていたら、シリアでの最後の二週間のような悪夢を経験しないですんだのに、と思う。結局、私たちがとどまっていたのは誇りを守るためなのか、それとも恐怖？　現実逃避？　おそらく、そのすべてかもしれないわね。

でも、シリアを離れなかった一番大きな理由は、強固な希望。物事がいい方向へ向かったとき――何日か、または何カ月も爆撃がなかったときに生まれた希望。そんなとき、私たちは正常な暮らしをしているという、かけがえのない感覚を味わったものだった。

それから、私たちにいくらか貯金があったことも理由でしょう。蓄えがあったから、ほかの家族にはできないような方法で、私たちは戦時のつらい状況をしのぐことができた。発電機やソーラーパネルを買えたし、食糧を備蓄できた。事態がさらに悪化するまでは、私たちは身を潜めて嵐を乗り切れるように感じていた。

けれども、その度に爆撃が始まった。いつも必ず。しかも、再開されるたびにひどくなっていって、爆撃とともに恐怖と絶望も大きくなっていった。今度こそ前とはちがう、ようやく戦争は終わると信じていると、それが何度も打ち砕かれるの。

母親たちはたくさんの罪悪感を抱くものよ。あなたも自分の子どもを持つようになればわかるだろうけれど、いつも心配事でいっぱいになってしまう。

戦争が起こる前に心配していたあれこれを今思うと、私は笑ってしまうわ。あなたがくしゃみをしたり、少しでも咳をしたりするたびに、あわててしまったのだから。

この子はお菓子を食べすぎているんじゃないかしら？　テレビをどれくらい見せてもいいの？　そんなことが一番の心配の種になるのだったら、どんなにいいか。何か食べるものがあるのかを心配するのではなく、あなたが何を食べているかを案じるのならいいのに。あなたに銃弾や爆弾の破片が当たることではなく、ちょっとした風邪のことを心配するのならいいのに。

こんなことを思うことがあるの。

二通りのあなたがいるのではないだろうか？　もしも平和な世界で育つことができたならば存在していたであろうバナと、戦争によって形づくられた今のバナが、と。つねに恐怖の中で暮らしているせいでもたらされるつらい気持ちは、とても言葉では言い表せない。あなたがあまりにもよく知っている気持ちね、バナ。あなたはここまでの短い人生で、たいていの大人が経験するよりも多くの死や破壊を目にしてきた。

これまで見たり経験したりしたすべてのことが、あなたにいくらか傷あとを残したかもしれないわね。でも、戦争の中で成長していくことによって築かれた心の強さもあなたにはあるの。楽観的な態度や立ち直る力を育むことをあなたは学んできた。そういうものがなければ、もうだめだとあきらめていたでしょう。

これはあなたが人生の中で学んできた、もっとも大切で、得るのが難しい教訓なの。つまり、希望を捨ててはいけないということよ、バナ。絶望に負けてはいけない。たとえ絶望しかないように思えても。

あなたの身の安全を守るのはもちろん、あなたの心も守ろうと私は努力した。恐怖のさなかにあっても、この世界にはまだ美しいものがあるとあなたに知ってもらえるように。この世界で美しいものをつくり出せるのだとわかってほしかったし、少なくとも家族の中には美しいものがあり、私たちがそういうもので自分を守れるのだと。戦争は最悪のものを人々にもたらしたかもしれないけれど、最高のものももたらすのね。幸せな瞬間、その一つひとつに、心から感謝できるようになる。それを私はあなたにわかってもらおうとした。

もしも何か慰めになることがあるとしたら、こういう教訓や戦争の中で学んだことがあなたを強くし、物事を見通せる力を与えたことでしょう。

戦争の経験なんか、させたくなかった。でも、それによってあなたがより寛大で何事にも感謝できる人間、思慮深くて人の過ちを許せる人間になったと信じている。最悪のものを見聞きしてきたあなたは、最高の人間になっているはず。それはすばらしいことなのよ、バナ。それがすべてなの。

赤ちゃんと爆弾

戦争ってこわいものよ。なぜって、悪いニュースばかりを待つことになるから。爆弾のせいで何が壊されたとか、だれが死んだとか、けがしたとか、何がもうできなくなったとか（公園に行くこととかね）。

そんなときでも、びっくりすることもあるわ。すてきなニュースでね！

たとえば、また赤ちゃんができたと、ママが話してくれたときとか！　モハメッドのときはたくさんお祈りをした。だって赤ちゃんが欲しかったから。でも、今度は赤ちゃんをくださいって、わたしがお祈りしたわけではなかった。戦争が終わりますようにって神様にお願いするのでいそがしかったから。でも、とにかく赤ちゃんが生まれることになった。

ワクワクしたけれど、赤ちゃんが爆弾をすごくこわがるんじゃないかって心配になった。モハメッドとわたしは大きいから、地下室に駆けこめる。でも、赤ちゃんは小さいだろうし……。

地下室にどれくらいいなくちゃいけないのか、わからないときもあった。何時間かですむこともあれば、何日もずっといることもあった。だから爆弾が落とされたら、じゅうぶんな水と食料と毛布をいつも忘れずに引っつかまなくちゃいけない。ママはうちの大切なものとコーランが入っているバッグを持っていった。わたしはお人形をひとつと本を一冊、さっと取ることを忘れなかった。持ち運べるのはそれだけ。今度は赤ちゃんも忘れないようにしなくちゃ。

新しい赤ちゃんが生まれるのはとてもうれしいと、わたしはママに言った。それから、モハメッドのときみたいにお手伝いをすると約束もした。前よりもわたしは大きくなったから、もっとお手伝いをすると。ママにどう思うかきいてみた。赤ちゃんは爆弾をこわがるかしら、それとも勇気があるかしら？

ママの目はきらきらしていた。それからこう言った。

「勇敢になれるよう、ぼうやを手伝ってあげなくちゃね」

「ぼうや？　赤ちゃんは男の子なの？」

妹が欲しかったから、わたしはがっかり。まだ男の子か女の子かわからないのよ、とママは言った。生まれてからのお楽しみだと。お楽しみは好きだから、それはいいことなんだけど。でも、わたしはやっぱり女の子が欲しいとお祈りした。わたしのお人形みたいに金髪の女の子がいいなって。

ママのおなかがだんだん大きくなっていったころは、あまり爆撃がなかった。

三発か四発くらいの爆弾が遠くで落ちたのを聞く。これが「いい日」。

十発くらいの爆弾が近くで落ちるのを聞く。これが「悪い日」。

何日も続けて「いい日」ばかりで、戦争中だって忘れてしまうこともあった。公園に行けるときもあったの。たくさんのがれきをふみ越えていかなくちゃいけなかったし、公園はよごれてきたならしかったけれど、やっぱり楽しかった。ヤスミンとわたしは平らな地面のところをきれいにして、なわとびの練習をした。けんけん遊びをすることもあった。

おなかの中で赤ちゃんが大きくなっていく間、ママは疲れていたから、わたしはたくさんお手伝いをした。毎日うちにじゅうぶんな水があるように気を配らなくちゃいけなかった。戦争になる前は、水はシンクから出てきたけれど、爆弾のせいで水道管や電気がだめになってしまったから。

政府がおこっているときは、水をくみ上げるポンプの電気を止めてしまうことがある。長い間、水が手に入らないときもあるので、いくつものポリタンクに水をためておいて、気をつけて使わないといけなかった。

水がいつ来るのか、どれくらいの間あるのかはいつもわからなかった。近所の人たちがさけびながら通りを歩きまわって、みんなに教えることもあった。

「水があるぞ！」

そうしたら、それが真夜中でも起き出して水を取りにいかなくちゃいけない。この次はいつ水が来るかわからないから。パパとわたしは通りの大きな配給タンクのところへ行ってポリタンクに水を満たした。ポリタンクをいっぱいにするために長い列に並ばなければいけないこともあった。持って帰るときはとても重かったけれど、パパやウィサムおじさんはこう言ったものよ。

「もうすぐだよ、いい子ちゃん、がんばれ」

ようやくうちの建物に帰ると、両腕がとても疲れてしまって、ぶるぶる震えていた。

近くに水が来ないときは、遠くまで車で出かけないといけなかった。大きな金属製の箱を車に積んで、できるだけ多くの水を持ってくるの。水を手に入れるのは大変なお仕事だったけれど、水がなくては生きられない。

パパはうちの屋根に大きなパネルをつけた。それは日光を電気に変えてくれたから、パパとママはスマートフォンを充電できたし、モハメッドとわたしはテレビを観ることができた。でも、テレビは一日に一時間だけ。どの番組を見るかは、わたしが決めたけれど、ときどきはモハメッドに選ばせてあげた。モハメッドはいつも『スポンジ・ボブ』か『トムとジェリー』を選んだ。

わたしに言わせれば、そういうアニメはちょっとばかげてるって感じだけど、モハメッドにだって戦争を忘れさせてくれるものが必要だったのよね。

「シリアを出ていくときが来た」

赤ちゃんが生まれる日が近づいてきた。わたしはもう待ちくたびれていた。ただ、問題がひとつあった。政府軍が相変わらず東アレッポの病院を爆撃し続けていたから、赤ちゃんを産むための病院がなくて、出産を助けてくれるお医者さんも来ないこと。わずかなお医者さんたちは、爆弾でふき飛ばされた人たちを助けるのにいそがしかった。またしても爆撃がひどくなっていたの。

ママとパパは心配していた。心配していないふりをしていたけれど、わたしにはわかった。ママはわたしたちの話を聞いていないことがよくあったし、とても静かだったから。

戦争のせいで、生まれつき病気をもった赤ちゃんもいた。いとこになるはずの赤ちゃんは、生まれてくることができなかった。骨がぜんぜんなかったの。食べるものはじゅうぶんになかったし、空気にはいつも悪い化学物質やよごれがいっぱいあって、金属や燃える油のにおいがしていた。

それに、しょっちゅうこわい思いをしていたら、おなかの中にいる赤ちゃんにはよくないし、ちゃんと育たない。だからママはわたしたちにこう言ったの。

「おなかの赤ちゃんのために、静かにしてあげて。楽しませてあげながらね」

わたしたちはママのおなかに向かって本を読んであげた。わたしは赤ちゃんが好きそうな『欲張りなキツネ』とかを読んで、ママはコーランを読んだ。わたしと同じように赤ちゃんが笑顔で、そしてその男の子が（または女の子が！）神様に愛されていることを知りながら生まれてきてくれますように。

でも、爆撃がまたひどくなってきた今、赤ちゃんはどうやって生まれてこられるのだろう。わたしはこわかった。

おなかが大きくなったママがほとんど動けなくなっていたある日、通りを行ったすぐのところにあるサマルおばあちゃんとマレクおじいちゃんの住む建物に炸裂弾が命中した。爆撃がとても近かったから、わたしたちは地下室にいた。地下室から階段を上っていくときはこわかった。上に行くときは、だれが死んでいるかも、何が壊されているかもぜんぜん見当がつかなかったから。

今回はとてもひどかった。おじいちゃんたちは二階建ての一階に住んでいて、二階にはアブドさんという親切な男の人がおじいちゃんに家賃を払って家族と暮らしていた。炸裂弾はアブドさんに当たり、ひどいけがをさせた。おじいちゃんの話によると、炸裂弾はおじいちゃんに当たっていたかもしれなかった。それともおばあちゃんか、いっしょに暮らしているわたしのおじさんやおばさんに。

おじいちゃんはうちの居間に腰を下ろして、泣いているおばあちゃんを抱きしめて言った。

「もう、がまんできない」

だれもがとても真剣な顔をしていたので、どうにかしてみんなを笑わせられないかなとわたしは考えていた。するとおじいちゃんが言った。

「ここを出ていくときが来た。明日、荷物をまとめるよ。すべての準備を整えて、あさっての朝一番に出発する」

みんなを笑わせることなんてわたしの頭からすっ飛んだ。胃が宙返りをうつ。
ソファにいるおじいちゃんのとなりに寝て、ひざに頭をのせた。

「お願い、行かないで」

でも、おじいちゃんは髪の毛をなでてくれただけだった。

「わたしらはトルコへ行くだけだよ、いい子ちゃん。ちょっとの間だけさ。ここがよくなるまでな」

おじいちゃんはママとパパに目を向けた。

「おまえたちもいっしょに来るべきだ。ここにいては危ない。ますます状況は悪くなる」

わたしの胃がまたひっくり返る。シリアを出ていくなんていや。

ママとパパは黙っていた。ふたりともシリアを出ていきたくないんだって、わたしにはわかった。でも、みんながいなくなったら、シリアにいても楽しくない。

それにサマルおばあちゃんは、赤ちゃんを産むママのお手伝いをするわたしを手伝ってくれることになっていたのに。おばあちゃんたちは赤ちゃんに会うこともできない！　少なくとも、アベドおじいちゃんとおばあちゃんはここにいて助けてくれるだろうけど……。

ママは家に残って休み、わたしたちはおばあちゃんとおじいちゃんの荷造りを手伝いにいった。壊れた床や壁の破片から、できるだけの物をひろい集めた。水があまりなかったからお風呂にはほとんど入っていなかったけれど、その晩は入った。ほこりまみれになっていたから。

ママとおばあちゃんは遅くまで起きて話をしていた。わたしは眠っていたことになっていたけれど、ほんとうはふたりがまじめな声で話しているのを聞いていた。眠れなかったの。次の朝、おばあちゃんとおじいちゃんにさよならを言わなきゃいけないとわかっていたから。こわかった。二度とふたりに会えないんじゃないかって。

さようなら、パパ

朝早いうちに爆撃が始まった。毎朝、小鳥の声に起こされるみたいに爆弾に起こされる。

わたしたちは地下室へ駆けこんだ。おなかが大きいので、ママが速く走れないことがわたしは心配だった。地下室にまだたどり着かないうちに大きな爆発音が聞こえた。そこらじゅうでガラスが割れる。でも、わたしたちはどこで何が壊れたのかと立ち止まることさえしなかった。ただひたすら地下へ走り続ける。

ママはぶるぶる震えていた。とても疲れたようすで青ざめていたの。ママは地下室の床にパパと横たわり、声をあげて泣いていた。

ママが泣くとき、わたしもいっしょに泣いてしまう。まるでふたりの涙が同じものみたいに、ひとりでに涙が出てくるの。この世で一番ひどい気持ちになるのは、ママが取り乱したとき。わたしはママのおなかに頭をつけて横になり、赤ちゃんがおなかの中で泳ぎまわっている音を聞いていた。そうしていると心がさっきよりも落ち着いた。

爆撃がやむと、上に戻った。居間の窓ガラスがまたふき飛ばされている。みんなで床に散らばったガラスのかけらを全部ひろい集めた。居間の窓が壊されたのはこれで五回目。もうガラスは買えなかったから、代わりにビニールを貼った。

その晩、おばあちゃんとおじいちゃんがお別れを言いにやってきた。でも、お別れにはならなかった。なぜって、ママとパパは決めていたから。赤ちゃんを生むのにシリアは危険すぎる。だからママとモハメッドとわたしは、おばあちゃんとおじいちゃん、ノーランおばさん、サレおじさん、そしておじいちゃんのお母さんといっしょにトルコへ行くことになった。

おばあちゃんたちにさよならを言わなくてもよくなったんだから、これはいいニュース。でも、悪いニュースでもあった。だって、パパはわたしたちといっしょに来ないから。パパはシリアに残って家を守ることになる。だれかが勝手に家に入ってきて、わたしたちの物を持っていかないように。パパはわたしたちがトルコからすぐに戻ると思っていたの。状況はよくなるはずだから。その間、パパはシリアに残ってみんなを助けたいと考えていたのよ。それに、パパはトルコに入るためのパスポートを持っていなかったし。

いっしょに来るのはいい考えだと、おばあちゃんとおじいちゃんは言った。でも、わたしたちと荷物を乗せるための車は、おじいちゃんの一台しかなかった。「八人の子どもたちと孫たちみんなを乗せられるか自信がないよ」。そう話したとき、おじいちゃんはひどい頭痛がしているみたいな顔つきだった。でもどうにかなるよ、とおじいちゃんは付け加えた。

わたしはどうしたいのかわからなかった。みんなが車に乗れるほうがいいの？　それとも乗れないほうがいい？　もう、神様に決めてもらったほうがいいよね。

朝になると、サレおじさんがやってきて、全員が乗れるスペースはあると言った。でも、三十分以内に出発しないといけない、とも。急いで荷造りしなくちゃいけなかった。だけど、ほとんど何も持っていけなかった。お人形ひとつさえも。トルコに行ったら服やパジャマは買えるわ、とママは言った。

　わたしはしょげていた。お人形を連れていけないのもあるけど、それよりパパを連れていきたかったから。

　車の中は荷物と人間がつめこまれてぎゅうぎゅうだった。わたしたちは、身動きもできなかった。どっちみちパパが乗れるはずもなかったけれど、別の車を見つけられるかもしれないとわたしは思った。それとも、荷物を何か放り出してしまうとか。何かを捨てれば、パパはわたしたちといっしょに来られる。パパがパスポートを持っていない理由も国境の係員に説明すればいいじゃない。わたしたちは家族なんだから、係員は国境を通らせてくれるはず。

　だけど、パパは言った。

「いや、バナ。パパはここにいなければだめなんだ。近いうちにまた会えるよ」

　わたしを抱き上げるパパ。いつもつけているコロンのにおいがした。石けんと木々の香りが混ざったようなにおい。もうこのにおいをかげないと思ったら、わたしは泣いてしまった。今度はいくらでも涙が出てきて、どうにも止められなかった。

「泣かないで、いい子ちゃん」

必死にこらえたけれど、涙があふれて止まらない。モハメッドも泣いていた。もう行かなくては、とおじいちゃんが言う。車での移動は危険だし、爆弾を積んだ飛行機が飛んでくる前にシリアから出たいから。

だから、パパにさよならを言った。パパは手をふり続け、わたしは泣き続けていた。気づかないうちに、わたしは泣きながら眠（ねむ）ってしまったみたい。なぜって目が覚めたときは夜になっていて、わたしたちはトルコにいたから。

足りないのはパパだけ

パパが恋しかった。これまで秘密警察に連れていかれたときをのぞけば、ひと晩だって離れたことがなかった。わたしたちは借りた家に住んでいたけれど、おうちみたいに思えなかったし、なんだか空っぽな感じがした。パパがいなかったからよ。

離れている間にパパに何か起こるんじゃないかと、わたしは不安だった。でも、毎日電話でパパと話すことはできた。いつこっちへ来るのとたずねるたび、パパは言った。

「もうすぐだよ、バナ。もうすぐだからね」

わたしは、来るときにお人形たちを連れてきてね、と念を押した。そうするよとパパは約束してくれた。

わたしたちが出てきてから何週間かたったあと、アベドおじいちゃんとおばあちゃんもシリアを出ようと決心した。だからパパと弟たちは、そばに親がいないことになった。おじいちゃんとおばあちゃんはトルコの別の街へ行った。わたしたちが住んでいるところから車で何時間か離れたところへ。アベドおじいちゃんたちにさよならを言えなかったことも、今度いつ会えるかわからないことも悲しかった。みんなが別々の場所に住んでいるのがいやだった。家族はバラバラじゃなくて、いっしょに住むものよ。

ママはトルコの病院でお医者さんに診てもらった。お医者さんはママに恐ろしい知らせを伝えた。今すぐ生まれてくると赤ちゃんは元気じゃないだろうから、もっと育つまでママは薬をのんで赤ちゃんがまだ生まれないようにしなくちゃいけないって。みんな心配した。特にママが。おなかを何度もなでて、いつも赤ちゃんに話しかけていた。

「あなたはだいじょうぶよ。どうか、だいじょうぶでいてね」

わたしにはママのささやきが聞こえた。

二週間後、もう赤ちゃんが生まれるころだとお医者さんが言った。ママはお医者さんがおなかにどうやって小さな穴を開けて、赤ちゃんを引っ張り出すのかを話してくれた。痛みを感じないようにしてくれるから、痛くはないのよ、と。モハメッドもわたしもそうやって生まれてきたんだって。

　お医者さんが赤ちゃんを取り出すとき、ママのそばにいちゃだめだと言われたから、ついていてあげられなかった。でも次の日、おばあちゃんとおじいちゃんが病院にいるママのところへ連れていってくれた。ママは具合が悪そうだったけれど、ほほえんでいた。なんだか食パンのかたまりを包んでいるみたいな毛布を抱(かか)えていたの。でも、パンじゃなかった。赤ちゃんだったのよ。

　びっくりした。今度も、男の子だったの！

　小さくてしわが寄った男の子だった。まるで羽根の生えていないヒヨコみたい。でも、焼きたてのパンみたいなにおいがした。女の子じゃなかったけれど、わたしがお願いしていたとおりの金髪(きんぱつ)をしていた。ママのおなかの中にいたときにもこの子が大好きだったけれど、こうして出てきてくれて、もっと好きになったわ。

　ちょっとの間しか赤ちゃんを抱(だ)いていられなかった。たぶん戦争のせいで、この子は小さくて弱々しかったから。ママの話では、この子はわたしが生まれたときの半分の大きさしかないんだって。病院では、赤ちゃんが大きくなれるようにと、電灯の下に置いて暖かくしてあげていた。

ママも弱っていた。疲れているみたいで、灰色っぽく見えたの。

血が足りなくなっていたから、ママは入院していないといけなかった。ママをたっぷり休ませてあげなくちゃ。でも、毎日何時間か、わたしはママといてもいいことになった。わたしは病院のベッドによじ登り、ママと赤ちゃんと三人でくっつき合った。足りないのはパパだけだった。

名前の意味は、光

トルコには少しの間しかいないんだろうと思ってたけれど、長くいることになっちゃった。ママが病気で、いつも疲れていたから。ママにはおばあちゃんの助けがうんと必要だったし、もっと元気にならないといけなかった。パパに会えたら、ママは元気になるのに。ママもわたしと同じくらい、パパがいなくてさみしがっていたの。

パパが恋しいな、とわたしはママに言った。あの家も机も本も恋しい。うちに帰りたかった。ママもうちが恋しいと言った。

「わたしたちはホームシックになっているのよ、バナ」

ママはわたしに言った。ホームシックというのは、住んでいるところ、いたいと思うところから離れたせいで悲しくなることよ。

二カ月後、パパがトルコまで会いにきた。危ないことだった。だって、パスポートを持っていないパパは、国境をこっそり越えなければいけなかったから。

パパが来ると、トルコの別の場所にいたアベドおじいちゃんとおばあちゃんもやってきた。ネザールおじさんも。ネザールおじさんは運転中に爆弾を車に落とされたあと、長い間トルコの病院に入院していたの。フロントガラスの破片が全部おじさんの顔に刺さったんだって。おじさんに会うのはちょっとこわかった。両目も鼻もなくなっていたから。もうおじさんには、わたしが見えない。前に会ったときからどのぐらい大きくなったのか見ることができないから、わたしが教えてあげた。

それでも、わたしたちはパパに会えたことやみんなに会えたことがうれしくてたまらなかった！

こんな気持ち、想像できないかもね。ずっと笑っていたせいで顔が痛くなっちゃって、体の中にたくさんの蝶が飛んでいるみたいな気持ち。それがうんと幸せだってことなの。もうわたしたちのことが見えないネザールおじさんも興奮していた。自分がもう病院の外にいて、おまけにみんなといっしょにいることがとても幸せだったのよ。

わたしたちからのキスやハグが全部すむと、パパは赤ちゃんを抱き上げた。赤ちゃんを自分の顔の高さまで持ち上げながら、パパはとても幸せそうに笑った。並んでみると、パパと赤ちゃんの顔はそっくりだったの。

「はじめまして、ヌール」

パパは静かな声で言った。

それが赤ちゃんの名前だった。ヌール。

ヌールって、光という意味なの。光こそわたしたちにとって必要なものよ、とママは言った。

娘へ3

私が感じていたひどい疲れは、赤ちゃんができたという兆候だったの。でも、絶え間ない爆撃のせいで緊張し続けていたから、自分の体が何をどのように感じるのかを、私はもはや忘れていた。戦争中の私の体は、神経とアドレナリンがボロボロの状態だった。

あなたとモハメッドを身ごもるために、治療や手術で大変な思いをしていたから、自分がまた妊娠できるなどとは考えもしなかった。おまけに、すでにいる子どもたちをなんとか生き延びさせることに必死なときに、さらに赤ちゃんが加わるなんて想像すらできない。けれども、そんなことになった。そう、私には赤ちゃんができたのよ。

一年におよんでいたアレッポでの戦争は一段と激しさを増し続けていて、私たちは恐怖と不安でへとへとだった。だから妊娠の知らせは、あなたやモハメッドのときみたいに最高の幸せをもたらすものではなく、私を打ちのめすものだった。冷たい恐怖と心配によって。

この赤ちゃんにどうやって栄養を与えたらいい？　いったいどこで赤ちゃんを産めばいいの？　あなたが生まれた西アレッポには行けないし、東アレッポではモハメッドが生まれた病院もほかの病院も、ほとんどが破壊されてしまっていたのに。それに、これまでの二度の妊娠では、出産もその後の回復も大変だった。お医者さんに診てもらえなかったら、どうすればいいのだろうか。

なんとか無事に出産できたとして、どうやって育てていけばいいの？　食べるものも安全な水もほとんどなかった。爆撃による化学物質のせいで、生まれながらに欠陥のある赤ちゃんの例がいくつも報告されていた。食糧不足、それに母親の恐怖やストレスの影響を受けて、未熟だったり病気だったりという状態で生まれてくる赤ちゃんもいたの。

パパと私はどうしたらいいかと悩んだわ。絶望して暗黒の時間を過ごしていたときは、どうにかして妊娠にけりをつける方法を見つけようという思いが頭をよぎった。

考えるだけでもおぞましいことだったけれど、私たちはそこまで追いこまれていたの。もう決めかけて、看護師をしていた私の友人のアスマに頼もうと連絡を取ろうとまでした。でも、そんなこと私にはできなかった。

妊娠したのは奇跡だったし、私はもうひとりの子の母親になりたいと思った。戦争のことは別として、それが事実だったの。そして小さな男の子（なぜか、私には赤ちゃんが男の子だとわかっていたのよ）の姿が目に浮かんだ。バナ、あなたのときと同じようにね。

私たちからあまりにも多くのものを奪っていった戦争に、赤ちゃんまで奪われるなんて許せなかったし、そうさせるつもりもなかった。絶えず死の危険がつきまとうことが最初からわかっていても、私はこの子にチャンスがあると信じることにした。生きる、というチャンスが。

決心がついた。もっとも、自分がどんなに喜んでいるかを知ったのは、あなたに話したときなのよ。覚えているかしら？　あなたは手を叩いて歓声をあげたの。

「わたしのための赤ちゃんなのね？」

あなたはそう言った。

「んー、私たちみんなのための赤ちゃんよ」

そう説明しながら私は気づいたの。自分はささやかな幸せや興奮を感じてもいいのだと。

あなたと喜びを分かち合うことで、私はようやく幸福に浸れた。少なくともしばらくはあらゆる恐怖や不安を忘れられたの。

あなたやモハメッドを身ごもったときは、いろいろな検査を受けていた。あなたたちの小さな指やつま先や肺が育ってきたなどという経過を知って安心していたものよ。けれどもヌールのときには医療ケアをほとんど受けられず、そのことが怖かった。

友人の看護師アスマは、二回、超音波の検査を受けさせてくれた。あなたもいっしょに来たわね。画面で赤ちゃんの姿が見られて、心臓の音が聞こえることにあなたはとても驚いていたわ。エコー写真をあなたはどこにでも持ち歩いて、家族みんなに見せていた。

「見て見て。これがママの中にいる赤ちゃんなのよ！」

あなたは赤ちゃんについてたくさんの計画や夢を持っていたわね。たとえば、赤ちゃんが金髪だったらいいなとか。家族のみんなが黒髪だからそんなことはあり得ないと私は思っていたけど、あなたは願いをかなえてしまったのね。

激しい爆撃が続いて地下室にみんなで座っていたとき、あなたは生まれてくる赤ちゃんに教えたり見せたりするつもりのことを何もかも私に話してくれたわ。あれは不思議な時間だった。爆弾が降りそそぎ、私たちはウサギのように地下室で縮こまって今晩や明日がどうなるかもわからないというのに、あなたは歌を歌ったり、どんな爆発よりも明るい未来のことを話したりしていたのだから。

妊娠期間の最後の数カ月、アレッポは穏やかだった。赤ちゃんが平和な世界に生まれますようにと、私が必死で祈った通りと言っていいくらいに。けれども残酷なことに、出産予定日の数週間前になると激しい爆撃が続くようになった。まるで戦争が私を嘲笑っていたかのようだった。

ある晩、私は不吉な直感に襲われた。アパートで出産しなくてはいけなくなったら、死ぬかもしれないと。ほとんど機能もしておらず、つねに攻撃の的にされている病院よりは、アパートのほうが出産するのにましな場所だったのにもかかわらず。
数カ月でもっとも容赦のない爆撃にさらされながら、地下室で私は陣痛が始まるのではないかとびくついていた。いつもなら本を読んだり歌ったりしようとする私たちだけど、この夜の私にできたのは浅く短い呼吸をして、痛みやパニックを抑えようとすることだけだった。

爆撃がおさまった翌朝、おじいちゃんとおばあちゃんの家が壊れたこと、アブドさんが重傷を負ったことを知った。爆弾がすぐ近くで落ちたときに被害の状況を調べるのは、心が折れる作業よね。

前からシリアを出ていく心づもりをしていた私の両親にとって、この出来事はとどめの一撃だった。両親にはほかの選択肢がなかったし、無防備だと感じることに疲れ切っていたの。国を脱出したいという両親の願いは私にも理解できたけれど、悲しまずにはいられなかった。両親のいない家なんて、何になるのだろう？　バナ、私は大人よね。夫も二人の子どももいる二十五歳の大人で、もうひとりの子どもも生まれようとしている。でも、どんなときでも母親は必要なものなのよ。

両親は翌日にシリアを出てウルファへ行くことを決心した。ウルファはシリアと国境を隔ててすぐのところにあるトルコの街。パパと私は話し合い、どんな選択をするか苦悩した。そして私は両親といっしょに行くと決めたの。この赤ちゃんをシリアで産むのは無理だったから。赤ちゃんが死ぬか、それとも自分が死ぬか。もしくは、ふたりとも死んでしまうのかと思い悩みながら暮らすことになる。

あなたのパパをシリアに残してトルコで暮らすのかと思うとぞっとしたけど、それしかなかった。今でも、あのままシリアにとどまっていたら自分が死んでいただろうと確信しているわ。実際、出産後に具合が悪くなって、たくさん出血したの。トルコで医療ケアを受けられなかったとしたら、私たちの物語はまったくちがう結末になっていたでしょう。それでも、あの日シリアとパパから離れると決めたのは、これまで私がくだしたもっともつらい決断だった。

あなたがどんなに泣いたかを覚えているかしら、バナ。あんなに泣いたあなたを見たのは初めてだった。私がいなくなるのをいやがっていたけれど、いなくなるはずないでしょう？　でも、あなたはパパがいなくなるのもいやだったのよね。何時間か車を走らせるうちにようやくあなたは落ち着いて、私のひざの上で眠ってしまった。

あなたがそばにいてくれてとてもうれしかったわ、バナ。いつも、あなたは力を与えてくれる。パパがいない異国で出産するなんて、人生であのときほど孤独で、力が必要だったときはなかった。でも、赤ちゃんが生まれてくれた。健康だったけれど、あなたやモハメッドが生まれたときよりもはるかに小さな赤ちゃんが。

初めてあの子のぬくもりを胸に感じたとき、あらゆるものが遠ざかっていった。爆撃も喪失も絶望も、私の一部になっていた恐怖も。何年も経験したことがなかった穏やかな気持ちだった。世界のあらゆるものが薄れていき、存在しているのは私の胸に感じる赤ちゃんの鼓動だけ。規則正しい、この子を育んでくれる力。

あの瞬間、私は感じたの……強力で無敵の存在を。私はこの世界に美と生命をもたらした。その力は銃や爆弾や邪悪なものよりもはるかに強いの。宇宙でもっともシンプルな数式よ。つまり、生命は死を癒すということ。光が暗闇を癒すのと同じように。

あなたの幼い弟は暗闇を照らす光だった。だから私たちはこの子をヌールと呼ぶことにした。たとえヌールの儚い命がシリアで生き延びられる可能性が低いとしても。

この子の誕生は私にとって人間の可能性の証であり、世界がもっとよくなるという予兆でもあるの。

ヌールの人生が新たに始まったように、私たちもアレッポで新たなスタートを切れるかもしれない――しばらくの間はそんなふうに思えた。シリアの戦況は前よりもずっとよくなったと、あなたのパパは話してくれたのよ。暮らしは以前のような、平穏なものに戻っていきそうだった。パパも新しい仕事を見つけて。

シリアを離れて五カ月。私は前よりも体力がついたし、もう帰国してもいいころだと考え始めた。やっと新しく明るい生活がスタートできると。

ああ、バナ。私たちはまちがっていたのよ。どうしようもないくらい。

シリアに帰る！

わたしたちはシリアへ帰ることに決めた。パパが言うには、アレッポではいろんなことがよくなってきて、爆撃も減ったんだって。パパは仕事に戻っていて、帰ってきたほうがいいと言った。それはママにもわたしにもうれしい知らせだった。

でも、アレッポに帰るつもりだと話すと、おじいちゃんもおばあちゃんもうれしくなさそうだった。おじいちゃんがおこっている声が聞こえてくる。

「こいつは正気の沙汰じゃないよ、ファティマ。赤んぼうがいるじゃないか。ここなら安全だ。帰るなんて自殺行為だよ」

ママは言った。パパはアレッポでまた仕事を始めている、トルコに来ても仕事がないだろうと。もしまた状況が悪くなったら、家の荷物をまとめてすぐにこっちへ来るから、と約束した。

「とにかくわたしたちは戻らないと。たとえ荷物を取ってくるだけになっても。すべて置いてきたままというわけにはいかないのよ」

わたしはママの言うとおりだと思った。お人形たちも本も、自分が描いた絵も、何もかも必要だった。それに、ヤスミンやほかの友だちにさよならを言えてない。友だちにさよならを言いたいわけじゃなかったけど。わたしはおじいちゃんに、シリアのうちにずっといたいわ、と言った。

おじいちゃんは大きなため息をついて、「わかっているよ、バナ」と言った。

「だが、おまえたちにはここで安全に暮らしてもらいたいんだよ」

トルコに残りたいと思っているわたしもいた。また爆弾が落ちてくるかもしれないアレッポに帰るのはちょっといやだった。

でも、わたしはワクワクしていた。だって家に帰れば、ホームシックもなおるんでしょ？

だから、わたしたちはシリアに帰った。

戦争が終わったみたい？

パパが言ったとおりだった。シリアは前よりもよくなっていたの。

戦争はほとんど終わって、生活がまたふつうに戻ったみたいだった。でも、ふつうじゃない暮らしが長かったから、ふつうがどんなものかわたしは忘れてしまった。

ヌールが大きくなっていった。ハイハイを始めて、やがて歩くようになった。その間めったに爆撃がなかった。わたしが赤ちゃんのころみたいに。

戦争を思い出させるものはまだあったけれど。

壊れた建物は全部が直っていたわけじゃなかったし、水や電気は相変わらず一週間に二、三回しか来なかった。

でも、いつもこわがっていなくてもよくなった。それってすてきなことなの。

もしかしたらヌールはラッキーなのかもってわたしは思った。爆弾や銃弾や戦いのことを知らないですむかもしれない。小さな弟にこわい思いなど絶対にさせたくなかった。まだ赤ちゃんなんだもの。

もしも戦争が起こらないままなら、ヌールはわたしみたいに泳ぎを覚えられるかもしれない。アルラビア・プールは爆弾で壊されてしまったけれどね。またプールをつくってもらわなくちゃ。

それからそれから、ヌールがもっと大きくなったら、市場に連れていってゼリーを買ってあげられるかもしれない。まだ閉まったままのお店が多かったけどね。開いている店だって、欲しいものはあまり売っていなかったし。

一度、ヌールを観覧車に乗せてあげたことがあった。わたしの大好きな祝日、イードのとき。特別なごちそうを買いにみんなで市場へ行ったの。うちの近所に、小さな手押し車で綿菓子（わたがし）を作って売っている男の人がいたから、少し買った。わたしたちの唇（くちびる）や舌はピンク色になっちゃった。

あるとき、わたしはその男の人にうちから砂糖を持っていってあげたことがあった。戦争のせいで砂糖がなかなか手に入らないときがあったから。この砂糖を使ってねとわたしは男の人に言った。そうすれば、ほかの子どもたちにもたくさん綿菓子を作ってあげられるはず。

わたしたちのほかにも散歩している家族がいて、みんなほほ笑みあっていた。だれもがとても幸せな気分だった。みんなが心の傷をいやしていて前よりも気分がよくなっているから、とてもいい雰囲気(ふんいき)なのよとママは言った。

うちの近くの公園に小さな観覧車が組み立てられていたので乗りにいった。ちょっとだけだよ、とパパ。まだ長い時間、外にいるのを不安に思っていたの。安全なときでも、そういう不安を追いはらうって難しい。

ヌールは観覧車を気に入ってくれなかった。一周目、てっぺんまで着いたときに泣いていた。でも慣れてくると、観覧車を好きになってくれた。

わたしたちは十分間、観覧車に乗って何周もした。ママとパパはわたしたちを見ながらニコニコして手をふり、写真をとってくれた。

あまりにもつらいことをたくさん経験すると、楽しい時間に気づきやすくなるし、幸せな気持ちもさらに増えるの。

その日、わたしたちはとても幸せだった。そもそも戦争があるなんてことを、ほとんど忘れるくらいに。

学校が再開した！

戦争がおさまってきて一番よかったのは、学校のことだった。ママとお友だちの何人かが集まって、近所の子どもたちのために学校を開こうと決めたの。政府軍が爆弾(ばくだん)をたくさん落としたから、東アレッポにはもう学校がなかった。たくさんの子どもたちが自分の机で死んでいった。ただ勉強していただけなのに。

わたしたち子どもが学ぶ場所もなく、昼間は何もすることがないことをママは悲しんでいた。教育は大切なのよとママはいつも言っている。いろいろ学んで、大人になったときに人を助けられるように、子どもはみんな学校へ行くべきだって。学校へ行けば、子どもたちはお医者さんや先生やパパのような弁護士になって、シリアを強い国にできるってママは言う。もしかしたら、戦争を止める方法を学べるかもしれない。

ママとお友だちは近所の人たちに、紙や本や、そのほかなんでも分けてくださいとお願いした。ママたちみたいに集まって人助けをしている人たちがほかにも近所にいて、学校に必要なものを見つける手伝いをしてくれた。

学校はうちと同じ通りにあるアパートの地下室で開かれることになった。みんないなくなってしまって、だれも住んでいなかったの。学校のことは秘密にしなければだめよとママは言った。爆撃されないように。

毎日やってくる子どもは百人くらいしかいなかった。もっと多くの子どもがいるはずだけれど、爆撃がおさまったといっても、まだ外へ子どもを出すことを恐れている親もいた。前に言ったけど、こわがるのをやめるのって大変なの。それに、たくさんの人がいなくなっていた。引っ越したり、殺されたりして。

わたしたちは地下室の床に腰を下ろしていた。うちの地下室みたいにちょっときたなくて暗かったけれど、気にしなかった。だって、ここは学校だもの。

クラスは三つに分かれていた。モハメッドやヌールのように小さな子どもたちのクラス。それから、わたしみたいにもう少し大きな子どものクラスと、もっと年上の子どものクラス。算数や、文章をちゃんと書く方法を勉強している年上の子どもたちのクラスで、ママは教えていた。わたしの先生のファラは、おもしろいことをたくさん教えてくれた。どうやったら卵がニワトリになるか。アラビア語と英語で自分の名前を書くこと、人間の体のいろんな部分が何をしているかといったこと。学校は一週間に三日あって、それは一番楽しい三日間だった。

ママはわたしと同じように、自分の学校へ週に三日通っていた。大学と同じってわけにはいかなかったけれど、英語を覚えたり練習したりする学校があったの。ママは家でわたしに英語も教えてくれたわ。

ほかの国の言葉を覚えるのはおもしろかった。同じことを言うのに、いろんな言葉があるのね。シリアでわたしたちはアラビア語を話していて、初めて会った人には「Marhaba（マルハバ）」って言うの。

でも、英語ではこんなふうになるわ。

「Hi, it's nice to meet you.（お会いできてうれしいです）」

それに、「baskwyt（ビスクート）」は英語で「cookie（クッキー）」だし、「dammia

（ドゥムヤ）」は「doll（お人形）」なのよ。

全部のものにふたつの名前を覚えておくには、記憶力（きおくりょく）がよくなくちゃだめなの。それにたくさん練習しなくちゃ。そうしないと言葉を忘れてしまうから。

だから、ママとわたしは学校へ行きたいと思ったの。ちゃんと勉強して、かしこくなれるように。

弟を連れて外に出たら

ママとわたしが学校へ行って、パパも仕事に行くようになると、なんだかもとの暮らしに戻ったかのようだった。ヌールとモハメッドとわたしが、サマルおばあちゃんのところで過ごせないってこと以外は。おばあちゃんたちは今、トルコで暮らしているから。わたしはもう大きいから、ママとパパが家にいないときはヌールとモハメッドの面倒を見るお手伝いができた。

弟たちのためにうちで学校を開いて、教えてあげることだってできたわ。ヌールに話し方を教えようとしたけれど、まだひと言も言葉を話さなかったの。ヌールがおしゃべりしないのは爆弾がこわいからよとママは言った。前ほど多くは落ちていなかったのだけれど。

いつもこわがっていると、頭で考えたこととちがうことを体が勝手にしちゃうことがあるの。たとえば、お話ができなくなったり、おもらししたり、こわい夢を見たり、ぶるぶる震(ふる)えちゃったり。そんなつもりはないのに、そうなっちゃうものなの。

わたしはモハメッドに色の名前と、数の数え方を教えていた。でも、モハメッドは話を聞かずにトラックのおもちゃで遊びたがるときがあって、いらいらしちゃった。

アパートの屋上にある庭へ弟たちを連れていったこともあった。本当はいけないことだったんだけどね。そこは広かったから、わたしたちは思い切りあちこち走り回って、めまいがしちゃうまでぐるぐる回った。みんなそういうことが大好きだったの。ときどきヤスミンがやってきて、いっしょに屋上でなわとびを練習したものよ。

ある日、わたしはサプライズを思いついた。ヌールとモハメッドをパパのところへ連れていこうと思ったの。パパの事務所は通りをちょっと行ったところにあった。家を離(はな)れちゃいけないと言われていたけれど、パパはサプライズを気に入ってくれると思ったのよ。

外に出たとき、弟たちはちょっと不安そうだった。いい日だったの。爆弾はひとつふたつしか落ちてなくて、しかもうんと遠くだった。だから、心配いらないわと弟たちに言ってあげた。

けれどもしばらく歩いていたら空から大きな音がして、ヌールはこわがっておもらししてしまった。そしてワンワン泣き始めたの。

だいじょうぶよってわたしはヌールに言ったけれど、こんなんじゃパパのところへ行けない。だから、ヌールを家に連れて帰ってシャワーを浴びさせなくちゃならなかったの。ママに見つからないように、ヌールのパンツをシンクで洗った。ママは帰ってくると、こう言った。

「今日はどんな日だった？」

サプライズのことは黙(だま)っておいた。

世界が美しいと感じたら、それは希望

戦争が遠くへ行ったとき、わたしたちは希望を持った。

世界が美しく感じられて、どんなことでもできる気がしたら、それは希望。

どんな悪いことが起きても乗り越えられる気がする。だって、すぐにまたよくなるんだから。

希望を持っていれば、何かいやなことがあってもちょっと幸せな気持ちでいられる。これからよくなるって、わかっているから。

希望が持てないときは、自分に何か悪いことが起こるのを待っているようなもの。何もかもますますひどく感じてしまうの。だから、いつでも希望を持つようにしなくちゃ。

だけど、いいことが起こると信じているのにそうならないと、つらい気持ちになってしまう。わたしは永久に爆弾が落ちてこなければいいと願っていた。でも、そうはならなかった。戦争が終わりますようにと、どんなに一生懸命にお願いしても、ききめはなかったの。

それどころか、これまでにないくらいひどいことになってしまった。

ふたたび爆弾の日々

まるでだれかがボタンでも押したみたいに、大きな爆弾がまた落ち始めて、毎日とても悪い日ばかりになった。前みたいに。いつも空いっぱいに飛行機がいて、爆弾を次々と落とした。静かなときなんてもうなくなったわ。平和なときってどんなだったかも忘れちゃった。

ママとわたしはまだ学校を続けたいと思っていたけれど、行くたびに子どもが減っていった。みんなこわがって外へ出なくなっていたから。

たった十五人くらいしか生徒がいなくなって、それでも勉強しているときのことだった。戦闘機の音が近づいてきた。ママとファラは、みんなで家に帰ることを決めた。あまりにも危ないから。学校が早く終わるのは悲しかったけれど、家で勉強できるわとママは言ってくれた。

今にも爆弾が落ちてきそうだったから、わたしたちは急いで帰った。飛行機が近づいてきたときは、三つ、それか五つ数えるうちに爆弾が落ちてくる。だから外にいるときは、走ってどこかに隠れる時間はほとんどないの。

家に着く前にドカーンという音がした。爆発の音が大きければ大きいほど、すぐ近くで落ちたっていうこと。本当にすぐ近くだった。残りの道を走って地下室へたどりついた。

ママのスマートフォンが鳴り始めた。パパからだった。大声でどなっていたから、電話の向こうのパパの声がわたしにも聞こえた。

「どこにいるんだ？　だいじょうぶか？　何が起こったかは聞いたかい？」

パパはママが答えるひまもないくらい、次から次へと質問する。

「わたしたちはだいじょうぶよ、ガッサン。家にいるわ。何が起こったの？」

「ああ、よかった。おまえたちの学校が爆撃されたんだ！」

パパは市場にいて、煙がもうもうと立つのが見えたんだって。みんながパパに、学校が爆撃されたことを教えてくれたみたい。すぐに学校へ行って子どもたちを助けなきゃと。ラッキーなことに、そのときにはわたしたちはみんな学校を出ていたの。

パパは何度もアラーに感謝の言葉を言っていた。子どもたちが生きていてよかったって。でも、わたしは悲しかった。人が死んじゃうよりは悲しくなかったけれど、学校がなくなったことがやっぱりさみしかった。もう学校には行けない。

何もかもが前と同じになろうとしていた。学校もない、仕事もない、買い物もできない、外へも行けない。あるのはただ爆弾、爆弾、爆弾だけ。

死ぬって、どんな感じなの？

それから、とても恐ろしい日がやってきた。忘れてしまいたい日が。

地震みたいに家が揺れた。そのあと大きな衝突音がして、目が覚めた。音も揺れもとても激しかったから、からだじゅうの骨が壊れちゃうんじゃないかと思ったくらい。頭の上から爆弾が降ってくるときは、何も聞こえない。ありとあらゆる音がいっせいに鳴り出したみたいなんだけど、同時に、まくらで頭をくるまれたみたいでもあるの。何もかもが揺れているから、骨や体の中でも揺れが感じられる。歯でさえも。そして空気が重くのしかかってきて、まるで地面に押しつけられているよう。

わたしは大声でママを呼んだ。

早朝だったけれど、外は夜みたいだった。空気の中にはほこりがいっぱい。窓の外にたちこめる煙の向こうに、明るい光が見えた。通りをはさんだ向かいの建物が火事になっていたの。

バルコニーの窓から外を見ようとした。これまでバルコニーがあった場所がふき飛んでいた。ドアにはまっていたガラスがそこらじゅうに飛び散っていた。

パパがヌールとモハメッドを抱き上げ、ママがわたしの手をつかんで、全速力で地下室へ走る。アパートの玄関のドアはふき飛ばされ、入り口にぶら下がっているだけだった。

地下室にいても、建物の揺れを感じたし、ドカーンという音が聞こえた。みんな黙ってお祈りをしていた。地下室にいるときはいつも、「アラーの神よ（ヤ・ラティフ）」とくり返し言った。わたしたちに慈悲をと、神様にお願いしていたの。

頭の上で建物がくずれて、がれきの下に埋まってしまうんじゃないかと、こわくてたまらなかった。

どんな感じなんだろうって、ずっと考えていた。死ぬって、どんな感じなの？

爆撃が静まると、パパが言った。まずはぼくがひとりで上がっていって、だいじょうぶかどうか見てくる。少したってから、上がってきてもいいよとパパが呼ぶ声が聞こえてきたけれど、なんだかおかしな声だった。

上がってみたら、最悪の状態だった。まるでだれかがハンマーを持ち出して、何もかも粉々にしたみたいに。

信じられなかった。となりの建物はすっかりぺちゃんこになっていた。もともと建っていなかったみたいに。その一部がうちの建物に落ちてきて、前にマーゼンおじさんが住んでいた二階の床がすっかり壊れていた。バルコニーはまっすぐ下に、うちの車の上に落ちた。車は埋もれて影も形も見えなくなっていた。

どっちみち、車はなくてもいいかもね。車が走る道路も、行くところも、どうせないんだから。

たくさんの人たちがさけんだり泣いたりしていた。こんな爆撃があったときはいつも、みんなおたがいの名を呼び合って生きているか確かめるの。パパの名前が呼ばれていた。

「ガッサン、おまえの家族は無事か？」

「うちはみんな無事だ！」

パパがさけび返した。それから無事だった家族はみんな、ほかの人たちを助けにいった。けがをしたり、がれきに埋まったりした人がいたら、急いで助け出さなくちゃいけない。

だれよりも大きな声で悲鳴をあげている人がいた。ヤスミンのママだ。さけんでる。

「いや、いや、いや……いやよ！」

おなかのあたりが気持ち悪くなった。ヤスミンとママが住んでいた建物は跡形もなかった。

ママとわたしは近所の人たちを追い越して走った。ヤスミンのママの黒い髪は、おばあちゃんみたいにほこりで真っ白になっていた。ほこりがついてない場所はほっぺただけ。涙が流れ落ちたところだけだった。

ボランティアの人たちが助けにきた。東アレッポにはわたしたちを助けてくれる救急車も警察ももうなかったから、爆撃の後でけがをしたり、がれきに埋まったりした人をボランティアの人たちが助けてくれていたの。どこかが切れたり折れたりした人の手当てもしてくれた。

それは危ないことだった。だって、政府軍は人を助けている人のことをみんな嫌っているんだから。だから爆撃のあとでボランティアが助けにくると、戦闘機がまた戻ってくることがあった。その人たちに爆弾を落とすためだけにね。

ボランティアの人たちは大急ぎでがれきを掘り起こして、おたがいに呼び合いながら体を引っ張り出していた。男の人が、大きな石の中からだれかの体を持ち上げたとき、ヤスミンのママの悲鳴がさっきよりも激しくなった。ヤスミンだった。まるで眠っているみたいにぐったりして、たくさんの血とほこりだらけだった。わたしは動くことも息をすることもできなかった。友だちのそんな姿を見て、こわくてたまらなかった。

ボランティアの人たちは、救急車の代わりにしていたトラックにヤスミンを連れていった。ヤスミンが助かりますように。わたしはたくさん祈った。ママはわたしをきつく抱きしめて言った。

「さあ、家に帰りましょう」

その日はもう遊ぶことなんかできなかった。ほこりまみれのヤスミンの姿と、体についていたたくさんの血のことばかり思い出していた。

その晩、爆撃を受けたアパートを片づけた。外からは泣き声やお祈りの声がたくさん聞こえてきた。通りは、遺体（いたい）をモスクに運んでいってお祈りをささげようという人たちでいっぱいだった。大きな爆撃があった後は必ずこう。お祈りをささげたあとはモスクの墓地に遺体を埋めたものだったけど、戦争のせいでどこの墓地もいっぱいになっていたから、死んじゃった人たちは公園に埋められていた。

その日、わたしは何度もママにきいた。ヤスミンはだいじょうぶなのって。ヤスミンはお医者さんのところへ連れていかれたのよ、いっぱいお祈りしてあげなくてはね、とママ。その晩、わたしは、ヤスミンのママが通りで泣いている姿を見た。

次の日、またヤスミンのママが通りにいるのが見えた。まだ泣いていた。

「ヤスミンはもうここにいないのよ、バナ」

ヤスミンのママは言った。それがどういう意味なのか、わたしにはわかった。

ヤスミンは死んでしまったのだ。

ヤスミンが死んじゃった

ヤスミンがいなくなってから、わたしは前よりも死ぬのがこわくなった。死ぬってどんな感じなのかなって、考えずにはいられなかった。

弟たちやパパやママが死んでしまうこともこわかった。ときどき、最悪のことって何かと考えた。ママが死んじゃうこと？　それともパパが？　弟たちが死んでしまうこと？　みんないっしょに死んでしまうなら、それが一番いいかもしれない。そうすれば、だれもさみしい思いをしなくてすむもの。

ママが言うには、いい子でみんなにやさしくしていれば、神様から愛されて守られ、死んだときは天国へ行けるんだって。天国にはお菓子もゲームもたくさんあるらしい。すばらしいところで、そこに永遠にいられるの。天国でヤスミンが幸せならいいな。

でも、私はお友だちに会えなくなったことが悲しかった。まだ生きている人に会えなくてさみしいのと、死んでしまった人に会えなくてさみしいのとではちがうの。

引っ越しちゃったおじいちゃんやおばあちゃん、おじさんたちに会えなくて悲しかったけれど、みんなはまだ生きている。チャットアプリの「ワッツアップ」や電話で話せば、さみしい気持ちがやわらぐし。

でも、ヤスミンがいなくてさみしい気持ちはまったくちがうものだったの。なんだかわたしが、わたしの中に向かって沈んでいくような気持ち。

ヤスミンとは話せない。もう二度と、お気に入りのプリンセスの服でいっしょにおめかしできない。ヤスミンが大好きだった服はみんな、がれきの下にまだあるにちがいない。

誕生日が来たとき、わたしはいつもみたいにワクワクした気持ちになれなかった。それはヤスミンが死んじゃってから一カ月後だった。わたしが七歳になったお祝いにヤスミンは来られない。いつだって、誕生日には来てくれていたのに。

ママとパパはなんとかお祝いをしようとしてくれた。人を招くにはあまりにも危険だったし、ひと晩じゅう爆撃があったから、わたしたちはずっと地下室にいなくちゃいけなかったけれど。市場には食べ物がほとんどなかったから、わたしはケーキがもらえなかったの。

でも、家族でいっしょにいられたし、それはいつだってすばらしいことよ。ウィサムおじさんは新しくてかわいいお人形をくれた。ひと目見たとたん、お気に入りになっちゃった。ピンク色の帽子をかぶって、去年のイードでわたしがはいていたようなピンク色のブーツをはいていた。わたしはいつもお人形に名前をつけないんだけど、この子にはつけてあげた。ヤスミンっていう名前を。

ほかにも特別なプレゼントをもらった。わたしだけのｉＰａｄ。だれかが前に使っていたものだったけど、かまわなかった。戦争の最中にこんなすばらしいものを手に入れるため、パパはずいぶん苦労したはずよ。お店には新しいものがあまり売ってなかったから。だけど、パパはわたしの誕生日にとびきりすてきなプレゼントをしたいと思ってくれたの。

新しいｉＰａｄでテレビが観られたし、本も読めたから、すてきだった。だって、もうほとんど外に出られなくなっていたから。

わたしはいつもママのスマートフォンを使って、引っ越してしまったおじさんたちやいとこたちと「ワッツアップ」で話していた。みんなに会いたくてたまらなかったから。今度は自分のｉＰａｄで話せる。お気に入りのアニメを観たり、本を読んだりして、いやな気持ちを忘れることができた。うまくいくときもあったし、だめなときもあったけど。

　ふき消して願いごとを言うための、バースデーケーキのろうそくはなかったけれど、それでもひとつお願いをした。

　もうこれ以上、だれも死ぬことがありませんように、と。

娘へ4

あなたが生きているのは奇跡なのよ、バナ。心からそう思うわ。

夫と三人の子どもたち全員が、六年におよぶ戦争を生き延びたことに思いを馳せると、あふれそうなほどの感謝の念が胸にこみあげてくる。いえ、畏れに近い思いと言ったほうがいい。私たちが経験してきたあらゆることや失ったさまざまなものを考えても、なお自分たちが幸運だと思うなんて奇妙かもしれない。それでも、私はとりわけ運に恵まれていたと感じているの。三人の子どもがみんな生きていて、今も健康なのだから。そうではない母親たちは何千人もいる。

戦争の最悪の部分のひとつは、身のまわりの暴力や死にいとも簡単に慣れてしまうこと。毎日アレッポで何百人もの命が失われていた長い長い期間、友人や隣人、いとこたちが爆撃で亡くなったという知らせを聞くことは、おぞましいけれども日常的な習慣になっていた。

死に慣れていく。それを毎日のように身近に起こるものとして受け入れていく。そんな病的な日々を生きながら前に進んでいくための方法はただひとつ、できるだけ無感覚な状態になること。

恐ろしいものに動揺しなくなるという境地に達することは、平穏に生きるために必要でもあった。それでも、心を守っていた壁が打ち破られ、激しく突き刺されるような出来事が起こることもある。それが、ヤスミンの死だった。

あなたとヤスミンは家族みたいに、とても仲がよかったわね。あの日のヤスミンのお母さんの表情を、私はいつまでも忘れないでしょう。

あの日、がれきの下から娘が掘り出されていたときにヤスミンのお母さんが何を考えていたか、私には痛いほどわかる。がれきの下に埋まったのが自分だったらよかったのに、と。それに、こうも思ったはず。これからどうやって生きていったらいいのか、と。それでも、どうにか私たちは生きていくしかないの。

ほかにも私の頭から離れない出来事がある。アスマから聞いた、私たちの家から通りを少し行ったところに住んでいた女の人の話よ。

ある晩、その女性は四人の子どもたちをベッドに寝かしつけた。私があなたたち三人を寝かしつけていたようにね。あなたたちみたいに、彼女の幼い子どもたちも、戦争中は自分たちだけで眠るのを怖がっていた。だから、彼女は家の中でもっとも安全だと思われたところに四人をいっしょに寝かせた。家の真ん中にある、どの窓からも離れたマットレスに。

けれども、隣の建物が爆撃されたとき、衝撃が激しすぎて彼女のアパートの壁が倒れた。そして、子どもたちが眠っていた真上に壁がくずれ落ちてきて、あっという間にみな亡くなってしまった。

ありとあらゆる悲惨な話の中で、今でも悪夢を見させるのが彼女の話。押しつぶされた私の子どもたちの死体を自分が見下ろしている夢を見るの。山のように積み重なったがれきの下からあなたたちを必死に掘り起こそうとしているところを。

私は冷や汗をかいて目を覚まし、子ども部屋に駆けこむ。あなたたち三人は、相変わらずひとつのベッドで子犬みたいにくっつき合って眠っている。私はベッドのそばに立ち、眠っているあなたたちを見守るの。あなたたちと同じリズムで呼吸しているうちに、心臓のどきどきが収まって、いつもどおりになっていく。

それから、四人の子を亡くした母親のために祈るの。平安か、それに近い気持ちを彼女が見いだしていますように。前進していく方法を見つけていますようにと。

彼女やヤスミンのお母さん、それにこの六年間に祖国で亡くなってしまったすべての人たち、何百人、何千人もの友人や隣人、そして同胞のシリア人のことを考えると、耐えがたい思いになる。

あまりにも多くの母親や兄弟、とてもたくさんの子どもたちが亡くなった。亡くなった人たちが受けた苦痛や残虐な仕打ち。特に、化学爆弾で苦しみながら死んでいった子どもたちのことを思うと耐えられない。どうやって我慢しろというの?

そして今でも、毎日たくさんの人が亡くなっている。暴力で死んだ人たちや、難民キャンプで栄養失調や病気で死んだ人たち。砂漠や海を横断して脱出しようとして死んでしまった人たち。それから、海岸に打ち上げられた遺体の写真がソーシャル・メディアで広まって有名になった幼い男の子、アラン・クルディのような人たちがいる。

アランはヌールと同い年だった。ヌールがあの遺体になったかもしれないのよ。こうしたすべての死、すべての苦しみはどれほど無意味なものでしょう。

家族がバラバラにならずにすんでいることでひどい罪悪感を覚えるたび、私はあなたのパパに話している。私たちは生き延びるにふさわしいことを何ひとつやっていないし、シリアの同胞は死ななければならないようなことを何ひとつやっていない、と。

バナ、死についてあなたに説明しなければならないのは、母親の務めの中でも一番つらいものだった。戦争が起こる前、あなたは死のことなどまだ知らなかったのに、突然、死がそこらじゅうに存在するようになったのだから。

ヤスミンが亡くなったとき、あなたの目に恐怖と悲しみが浮かんだのがわかった。でも、その苦痛を取り除いてあげるために私ができることは何もなかったの。あの日、あなたの中で何かが変わった。無邪気な時代、あなたの子ども時代の最後の日だったのかもしれないわ。

シリアには子どもというものがいない。あなたたち子どもはみんな、大人になることを強いられてしまったから。死を理解すること、恐怖や飢えや苦痛を経験すること。

あらゆる子どもはそうしたものから守られるべきなのに。

ヤスミンが亡くなったとき、私の中でも何かが変わった。あの後の残虐な数カ月、私たちが包囲されたときも。恐れや苦悩とともに、私は怒りも覚えるようになった。私たちだけが耐えなければならず、世界が何もしてくれないことへの怒り。わが子を守れない無力な自分への怒り。爆弾を落とすことや子どもが殺されることが許されている世界への怒り。人には寛大で公平にやさしく接しなさいとあなたに教えた私が、こんな世界しか与えてあげられないことへの怒りを。

バナ、あなたは私にたずねたわね。

わたしたちにこんなことが起こっているって、みんな知っているの？　だれも気にしないの？　どうしてわたしたちに爆弾が落とされるの？　どうして爆撃が終わらないの？　どうしてわたしたちには平和がないの？

何よりも怒りを覚えたのは、こうした質問に私が答えられなかったこと。そしてあなた、七歳の女の子に、そんな質問をさせなければいけなかったことよ。

生き残るための準備が始まる

ラマダン（断食をする時期）になると、戦闘機は日が沈んだときをねらってやってきた。それはイフタールといって、一日じゅう何も食べなかった後で家族と大がかりな食事をする時間だった。ちょうどその時間に飛行機が爆弾を落とすものだから、みんな何も食べられないし、ラマダンのお祈りのためにモスクへ行くこともできない。これって本当にひどいことよ。

アベドおばあちゃんが言った。

「こんな残酷なことをするなんて信じられない」

アベドおばあちゃんとおじいちゃんはトルコからこっちへ一時的に帰ってきていた。パパやおじさんたち、わたしたち孫にとても会いたかったし、前よりも状況がよくなったからと。でもまた状況が悪くなってしまって、おじいちゃんたちはトルコに戻れなくなった。シリアから出るのは前よりももっと大変になっていたの。アベドおばあちゃんはいつだってタイミングが悪いのよ。

ラマダンがもう少しで終わるというある晩、ママとパパ、それに親類の大人たちが真剣な声で話していた。東アレッポの人たちのうわさでは、政府軍がわたしたちを取り囲んで、自由シリア軍を今度こそすっかり降参させるつもりなんだって。政府軍は東アレッポにだれも入ってこられないようにするつもりみたい。薬も食べ物も服も、何にも持ちこめないようにするんだって。そして、シリアから出ていくことも許されない。

つまり、わたしたちはとらわれてしまうの。「ヒサル」と呼ばれるものよ。包囲っていう意味なの。

パパとママは、すぐにその包囲に備えなければならないと言った。必要なものが足りなくならないように、できるだけたくさん買っておかなくちゃいけない。お店の品物が売り切れないうちに。

翌朝早くパパは出かけていって、買えるだけのものを買ってきた。薬局でたくさんの薬を買って、悪くならない食べ物を大きな買い物袋にいくつも買った。お米とかマカロニとかインスタントのスープのように、水だけで作れる食べ物を。わたしはもうポテトチップスやピザが食べたくてたまらなくなっていた。

　でも、わたしたちは運がいいのよとママは言った。戦争のせいで高くなってしまったから、食べ物をまったく買えない人もいっぱいいるのだからと。うちの食べ物を全部食べちゃって、もう新しく買えなくなったらどうなるのかな。一度に少しずつしか食べないように気をつけなくちゃ。おなかがすいていてもね。

　発電機を動かせるように、パパはできるだけたくさんの燃料も買ってきた。発電機は井戸から水をくみ上げるために使っていた。うちでは屋根の上のコンテナに水がたっぷりあるように気をつけていた。

　パパとおじさんたちは爆撃がやんでいる真夜中のうちに、コンテナに水をいっぱいにしていたわ。

　うちにはソーラーパネルがあって、スマートフォンやわたしのｉＰａｄや電灯の充電はできたから、それはよかった。ｉＰａｄがなかったら、わたしにとって戦争はもっとひどいものになっていたわ。

わたしたちは備えられるものを何もかも手に入れた。それで正解だった。だってラマダンの終わり、小イードから二日後に、政府軍が東アレッポをぐるっと戦車で取り囲んだのだから。

包囲が、始まったの。

戦車に包囲されて

包囲がいつ終わるものなのか、わからなくてこわかった。このまま食べ物や薬が買えなかったら、飢えるか病気になるかして死んでしまう。それが政府軍の望みだった。でも、自由シリア軍は東アレッポのあちこちで戦って、人や物が東アレッポに出入りできるように穴を開けていたのよ。

昼も夜もずっと戦いの音が聞こえていた。わめく声や銃声に、ヘリコプターや飛行機の音。戦争ってとてもやかましい。わたしはいつも頭が痛かった。

待つこと。希望を持つこと。それからマカロニと米を食べること。わたしたちにできるのはたったそれだけ。水を節約するため、お風呂には週に一度しか入らなかった。

週に四日、わたしたちは「東アレッポ委員会」からパンをもらえた。その人たちは、わたしたちが西アレッポから切り離(はな)されたときに助けてくれたボランティアの人たちなの。パパはときどきそこで働いていた。その人たちは、この地域で暮らすすべての家族のリストを持っていて、取りに行けば、ひとり一個パンがもらえた。

でも、人々がパンをもらうために並んでいることを政府軍が知ると、その行列へと爆弾を落とし始めたの。そこで委員会は各地区をまわることにした。わたしたちは次のパンの配布がいつか秘密にしたから、政府軍は前もって知ることはできなかった。

こんなふうに東アレッポではだれもが助け合おうとしていたの。何でも分け合ってね。たとえば、わたしたちの発電機も。みんなが代わる代わるやってきて、スマートフォンを充電したり、テレビを見たり、明かりをつけたりしていたわ。だれかがけがをすると、持っている包帯や薬を分け合った。

家族の中でも助け合っていた。おばさんたちもおじさんたちもいとこたちも同じ建物に住んで、みんながいっしょにいられることがわたしはうれしかった。

ウィサムおじさんが元気になるようにパパが励(はげ)ますときもあったし、ママが元気になるようにファティマおばさんが励ますときもあった。ヌールが元気になるように私が励ましていたみたいに。代わりばんこに励まし合ったの。希望をなくさないように。

反撃作戦が始まる

包囲から三週間後、自由シリア軍は反撃の計画を立てて、みんなが協力した。

ある晩、最悪のにおいがしてきた。ゴムを燃やすにおい。鼻がおかしくなりそうだった。

通りで人々がタイヤをいくつも燃やしていたからよ。東アレッポを覆う大きくて濃い煙をみんなで作り出す計画だったの。そうすれば戦闘機からわたしたちが見えなくなって、爆弾を落とせなくなる。その間に、自由シリア軍は包囲網に穴を開けられる。

こんなふうに隠れちゃうのは頭のいい思いつきだったけれど、空気があまりにも煙くなって、においもひどくて、わたしの目からはずっと涙が出ていた。

通りではだれもが何かを燃やし始めていた。まずはタイヤ。それからゴミや、目についたものは何でも。わたしも手伝いたかったけれど、ママにだめよと言われてしまった。だから窓から見ているしかなかったの。多くの人が出ていったり殺されたりしたせいで、うちがある通りにはほんの数家族しか残っていなかった。けれどもその日は、たくさんの人たちが外に出ていた。爆弾が落ち始めてから一番多かった。計画がうまくいきますようにって、わたしはお祈(いの)りした。

それでも、ひどいにおいにわたしは慣れることができなかった。一日たっても、二日後も三日後も。においはますますひどくなっていって、煙のせいで咳(せき)が出た。何もかもが黒と灰色。

でも、平気だった。だって、計画がうまくいったから！　一週間後、自由シリア軍は軍隊がいたところを打ち破って、包囲網は破れたの。やった！

東アレッポのだれもがとても幸せで、とても誇(ほこ)りに思っていた。みんな通りに走り出して、ハグし合って、歓声(かんせい)をあげていた。東アレッポじゅうで、イードの祈りが響(ひび)いていた。イードの時期じゃなかったけれど、どこのモスクもスピーカーから特別なお祈りを流していたの。人々に勇気を与えるように、祈りを呼びかけるものだった。

自由シリア軍が大勝利して、みんな興奮していた。これで何もかも変わるはず。わたしたちの希望と祈りはとうとう聞き届けられたのよ。もしかしたら、もう政府軍に爆弾を落とすのをやめさせることもできて、戦争は終わるかもしれない。

次の日、食べ物や生活に必要なものを積んだトラックが何台も到着すると、みんなはますます幸せになった。みんなが行ったので行列ができたけれど、気にする人なんていない。

卵！

鶏肉（とりにく）！

トマト！

こんな食べ物は二度と見られないんじゃないかって思ってた。みんな声をあげて笑って、夕食には何を作ろうかと計画していた。パパが家に持って帰ってきたリンゴやキュウリ、スイカを見て、モハメッドとヌールとわたしはぴょんぴょん飛び跳（は）ねた。食べ物がとても美しかった。

特別なごちそうを作ってあげるわね、とママは言った。フライドチキンよ。それに固ゆで卵も作ってくれたの。

モハメッドもヌールもわたしも卵にすっかり興奮して、一ダースも食べちゃった！あれほどのごちそうを食べられてよかったと思う。だって、シリアでわたしが卵やミルクやくだものやお肉を食べたり飲んだりできたのは、それが最後だったから。

家の中に公園を作った

政府の軍隊はとても強かった。たったの十日で、また包囲された。自由シリア軍が包囲を破ったから、政府軍は怒り狂っていたんだと思う。だって前よりも多くの爆弾が落ちてきたし、軍隊同士の戦いは前よりも近くで起きるようになって、さらに激しくなったの。

わたしたちはまたこわい思いをすることになった。特にヌールが。大きな音がするたびに、ヌールは彫刻みたいに固まって、それから声をあげて泣き始めるの。相変わらずまだ何も言葉を話せなかった。ヌールはただ泣くだけだった。

戦闘機の音が聞こえてきた。ヌールはこわがりすぎて、壁に向かって走ってぶつかり、頭を切った。すごくたくさん血が出たわ。病院へ連れていかなくてはとママが言ったけれど、それは危険だった。病院はいつも爆弾を落とされていたから。病院をできるだけ直しても、政府軍がまた爆弾を落とすの。そのくり返し。だからわたしたちはどうしていいか、わからなかった。

マーゼンおじさんとヤーマンおじさんが、ヌールを病院へ連れていくと言った。わたしはヌールをきつく抱きしめていた。わたしにも血がついちゃったけど。病院が爆撃されたらと思うと、連れていくのが心配だった。ヌールを放しておじさんたちに連れていってもらいなさいとママは言ったけれど、ママもとても動揺していた。

帰ってくるまで二時間くらい待たなくちゃいけなかったけど、ヌールは無事だった。ほんの二針縫っただけだった。わたしはヌールをひざにのせて、気持ちが楽になるようにと本を読んであげたの。

わたしはいつも、ヌールやモハメッドや小さないとこたちの面倒を見るようにした。だって、わたしが一番大きかったから。悲しいとか、こわいとかいった気持ちから弟たちをそらすのが、わたしの仕事だった。ｉＰａｄが充電されると（ソーラーパネルからちゃんと電気がとれないと、動かないときがあったの）、モハメッドに見たいだけ『スポンジ・ボブ』を見せてあげたの。

爆撃が激しくて、弟たちがこわがっていたときは抱きしめてこう言ってあげたものだった。

「きっとだいじょうぶよ」

子羊をわなにかけようとしたオオカミのお話を弟たちに話して聞かせることもあった。

戦争が終わったら、どんな毎日になるかを話してあげた。好きなだけお菓子が食べられる。サマルおばあちゃんやマレクおじいちゃんとまた会える。学校や公園がみんな直って、外で遊べるようになる。

想像するっていうのはどういうことか、その方法を弟たちに教えてあげた。目が覚めている間に夢を見るみたいに、思い浮かべてみるのよって。そうすれば、まるでそれが本当のことみたいに感じられるの。

包囲のせいで長い間、外に遊びに行けなかった。でもあるとき、わたしは名案を思いついちゃった！

まず、部屋の入り口になわとびのなわを引っかけてブランコを作った。それからわたしのベッドからマットレスを引っ張り下ろしてベッドに立てかけて、その上をすべれるようにした。そして、材木の山（燃料がほとんどなかったので、部屋を暖めるために燃やしていたの）から長い木切れを何本か取り出した。それをまくらの上にわたしてシーソーを作ったの。本物のシーソーみたいだったわ！

これで家の中に公園がすっかりできちゃったというわけ。本物の公園へ行くほどじゃないけど、それでも楽しかった。

ママはわたしの公園を気に入って、なんて頭がいいのかしらと言ってくれた。ママもいろいろと思いついたのよ。余分な水があったときは、ビニールのプールをふくらませて居間で泳げるようにしてくれた。ママが床をそうじした後は、残った水でウォータースライドみたいに床をすべったの。

いろんなゲームを思いつくには、たくさん頭を使わなくちゃいけなかった。戦争がないところの子どもたちにはできることが、わたしたちにはできなかったから。泳ぎに行くとか、本物のブランコに乗るとか、外でサッカーをやるとかってことが。

たのしいことを作ろうとしたの。家の中の公園で遊ぶとか、おもしろい本を読むとか、文字を書くとか、弟たちやいとこを元気づけるための歌やゲームをつくるとか。遊ばなきゃいけなかったの。

じゃないと、ただ爆弾が落ちてきてだれが死んだのかを知ることだけが、わたしたちの毎日みたいな気がしたから。

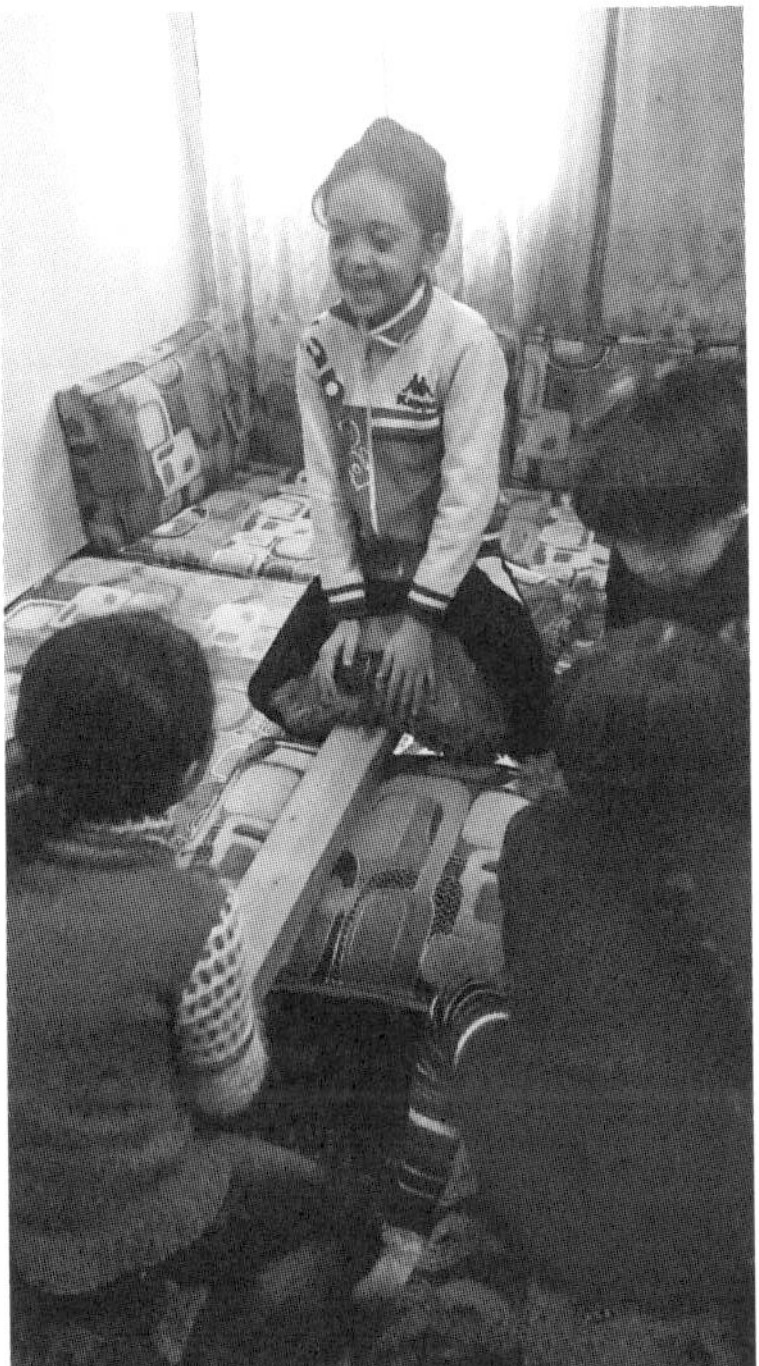

いろんなものが、毎日なくなっていく

包囲（ほうい）はいつまでも続いた。大イードのころになると、市場には食べ物がぜんぜんなくて、お祝いのための新しい服もまるでなかった。爆撃（ばくげき）のせいで何もかもがよごれて、ほこりっぽい灰色になっていたから、家をピカピカにきれいにすることは難しかった。

いつもなら小イードと大イードは一年で一番すばらしいときなのだけれど、そのときは楽しくなかった。お祝いができなくて、みんなが悲しくなったから。わたしが大好きな祝日なのかどうかさえ、わからなくなっちゃった。

わたしは背がのびていたし、寒い時期になっていたから、新しい服が必要だった。でも、お店にはもう女の子向けの服がまったく売っていなかったの。男の子の服を買うしかなくて、それがショックだった。

だってドレスやピンク色の服や、とにかく女の子っぽい服が気に入っていたから。ママは言った。

「バナ、これが私たちにできる精いっぱいなの。ごめんなさいね」

ママに悲しい思いをさせたくなかったから、泣くのをやめようとした。でも、やっぱり男の子の服なんて大嫌い（きら）いだったの。

いろんなものが、毎日なくなっていった。

病院には薬がほとんどなかった。燃料がもうなかったから、車や発電機も動かなくなってしまった。

パンを作るための小麦粉さえもうなかった。たくさんの食べ物と燃料をたくわえていたから、わたしたちは運がよかった。マカロニとお米ばかり食べるのがいやになっていたけれど。何にも食べるものがない子どもたちがいることを、わたしも知っていた。

野菜も手に入らなくなっていたから、自分たちで作ろうとした。パパがわたしを連れて野菜の種をもらいにいって、うちの屋根に小さな庭を作ったの。

ゼーナおばさんのアイデアよ。最初の包囲が始まったとき、種を植えた人たちがいたんだって。おばさんと同じ建物に暮らす人たちは何本かのトマトの苗木を分け合ったそうよ。

歩くのは安全じゃなかったから、あまりゼーナおばさんのところへ行かなくなっていた。そんなに爆撃がなかった日に、ママとわたしはゼーナおばさんのところへ行った。おばさんはわたしたちのためにトマトを一個、とっておいてくれたの。

トマトを見て、わたしはとてもうれしかった。おばさんのポケットから出てきたとき、トマトはぴかぴかに輝いて見えたわ。長い間、トマトを見ていなかったの。

とてもおなかがすいていたから、みずみずしいトマトにすぐかじりつきたかったけれど、ポケットにしまいこんだ。モハメッドとヌールと分けられるように。家に帰ると、全員の分が同じになるように、わたしはトマトを五つに切った。

ほんのひと口ずつだとしても、トマトを分け合ってみんなが幸せだった。

ツイッターで平和をさけんだ

包囲や爆弾にすっかりうんざりだった。ずっとこわがり続けて、人がけがしたり死んだりするのを見て、それでも希望をなくさないようにするのは、本当に難しい。前みたいに幸せなときが戻ってくるなんて思えなかったし、ますますひどくなるだけだった。

ママに聞いてみたの。シリアやアレッポの外にいる人たちは、わたしたちに起こっていることを知っているのかなって。どうして人を殺すのをやめなさいって、だれも政府に言わないの？

人には親切にして、助けてあげなきゃいけないのに。パパとママはそう教えてくれた。だったら戦争をしていいはずがないわ。こんなにたくさんの人や子どもたちが死ぬなんて、まちがってる。

だって、みんな死んでしまったら、その後どうするっていうの？

何が変わるの？

アレッポにもシリアにも多くの人がいたけど、たくさんの人が出ていって、たくさんの人が死んだ。これじゃ、だれが壊（こわ）れた建物を直したり、新しく学校を建ててくれたりするのかわからない。建て直したとしても、そのとき、いったいだれがここで暮らしていけるの？

まるで、お気に入りのパズルのピースをなくしたときみたい。新しいピースは手に入らないから、もう元どおりにならない。そんなときには、そのパズルを捨てて新しいパズルを買うしかないんだけど、新しいシリアを買うなんてことできない。

アレッポから二度と出ることができなくて、爆弾が落ちてみんな死ぬまでじっと待っていなくちゃいけない気がした。

何かしたかったから、わたしはツイッターでメッセージを発信した。「わたしは平和が欲しい」と。

バナ・アベド　@AlabedBana

わたしは平和が欲しい

2016年9月24日

このメッセージを書いたのは、二回目の包囲がもう三カ月も続いていたときのこと。

わたしはいつも、フェイスブックや「ワッツアップ」で、シリアを出た家族や友だちと話していた。みんなに、何が起こっているか知らせたかったの。どんなふうにヤスミンが死んじゃったか。どんなふうに学校が爆撃されたか。

ママが、フェイスブックよりツイッターをやっている人のほうが多いから、やってみたらって言ってくれたの。そしてアカウントを作ってくれたので、メッセージを送れるようになった。

ツイッターを使って、食べ物や薬がどんなに不足しているか、爆撃がどんなにひどいか、みんなに伝えられるようになった。話を聞いてくれたり、気にかけてくれたりする人がいるかわからなかったけれど、戦争をやめるために何かしてくれる人がいるといいなって思ったの。

知らない人と話したり、新しい友だちをつくるのが、わたしはもともと好きだった。ツイッターでは、世界中の人と話せるの。ママとわたしは英語を話せたから、イギリスやアメリカの人たちとツイッターで会話ができた。もしかしたら、助けてくれるかもしれないと思った。

すぐにメッセージが届き始めた。世界中の大人からも子どもからも。みんながわたしの話を聞いてくれているなんて、信じられない気分だったわ。しかもとても親切なメッセージを返してくれたの。

何時間も地下室に隠（かく）れていたとき、ママと私はメッセージを読んだ。世界中の人たちが心配してくれていて、わたしはひとりぼっちじゃないんだって思えた。もしかしたら手遅（ておく）れになる前に、だれかが何かしてくれるかもしれないって。

みんなは信じてくれるのかな

毎日ツイッターで、アレッポがどんなにひどいことになっているか伝えた（＊八〜九ページ参照）。こわい思いをしたらそのことを書いた。世界にステキなことを伝えるのも楽しかった。わたしの歯が抜けたときのこととかね。

ママは、英語でどう言ったらいいか、いっしょに考えてくれた。わたしたちはたくさん写真や動画も撮った。世界中の人に、シリアで起こっていることを見てもらえるように。どんなにひどいか目で見ないと、みんながわたしたちの話を信じてくれないかもしれないと思ったから。死体の山やぼろぼろになった建物とかを、全部見ないと。

何か悪いことが起きるたび、それを伝えるようにした。たとえば、わたしと同じ七歳だった友だちのマルワに起こったこととか。

その日、まるで地震のような音がした。飛行機の音はしなかった。窓に駆け寄ったら、大きな雲みたいな煙とほこりがもうもうと立つのが見えた。煙が出ている建物まで走ったら、そこはめちゃくちゃになっていた。

その建物には、うちと同じように四つの家族が住んでいた。住んでいる人は全員、がれきの下に閉じこめられてしまったの。近所の人たちの話では、二十人が住んでいるということだった。

ボランティアの人たちがやってきて、中にいたみんなを助け出そうとした。全員見つかったけど、生きている人はいなかった。

日が沈むと、わたしたちはその場をあとにした。パパはわたしを市場に連れていってくれた。ずっとがれきを掘って、死んだ人を見るという長い一日の後で、わたしたちはひどい気分だった。パパは何か元気が出るような物を見つけるつもりだった。もしかしたら、おやつがあるかもしれないって。もう長い間、甘い物なんて売ってなかったけどね。

市場ではみんなが、朝からマルワのお父さんとお兄ちゃんが見当たらないって言っていた。そしたら別の男の人が、こう言ったの。朝、ふたりがある建物の修理を手伝いにいくと言ってたって。

それは、あの壊れた建物だった。パパは近所の人に電話して、わたしたちはそこへ戻ってもう一度探し始めた。

建物全体がくずれていたので、がれきの量がすごかった。手だけではとても掘れなくて、ブルドーザーも使った。マルワとお母さんはものすごく泣いていたので、わたしはマルワを抱きしめて言ったの。お父さんたちを見つけるわって。

みんなで、できるだけ急いで掘った。マルワとわたしは大きな石を持ち上げられなかったけれど、小さな石をどけるのを手伝った。何時間も何時間も。

ママはわたしがそこで手伝うのを許してくれたわ。でも、何も見つからなかった。もう寝なくちゃだめよ、とママが言う。明日また戻ってきて手伝ってもいいからと。

わたしは言う通りにした。次の日も、がれきのところへ戻った。毎日、わたしはマルワに言い続けた。希望を持ちましょうって。お父さんがいないなんていやだ、お父さんに会いたくてたまらない、とマルワは泣いた。もしかしたら、がれきの中にはいないのかもしれないし、いたとしても、だいじょうぶかもしれない。

けれど、だいじょうぶじゃなかった。一週間後にマルワのお父さんは見つかったけど、遅すぎた。爆弾で死んだとき、人の体は建物と同じようにぺちゃんこになる。建物と同じように灰色になる。ぐにゃぐにゃになったり、足とか腕とか体の一部がちぎれたり、顔がとれてしまうときもある。とても見ていられない。

けれど、わたしは思ったの。もし世界中の人が、そんなひどい様子を見たら、ものすごくたくさんの人が一瞬で死んでいることを知ったら、わたしたちを助けてくれるかもしれないって。

＃がんばろう、アレッポ

ツイッターのフォロワー数がどんどん増えていくのを見て、わたしはワクワクした。何人か数えるのが楽しかったわ。世界中の人が、戦争を終わらせる手助けをしてくれるはず。

ママとわたしは、ハッシュタグを作ることにした。アレッポのことを広めて、応援してもらうために。もしかしたら助けてもらえるかもしれない。わたしが、#standwithaleppo（＃がんばろう、アレッポ）と付けると、世界中の人もツイートしてくれて、それは百万回以上になった。

シリアでどんなにひどいことが起きているかみんなが知り始めて、前よりも気にかけてくれるようになっていた。わたしがその役に立った！

わたしは自分たちのことを世界の人たちに忘れてほしくなかっただけ。みんなから親切なメッセージをもらい続けたかった。そういうメッセージを受け取るたびに、わたしたちの気持ちは救われたの。

世界中にうんとたくさんの友だちができた。新聞社の人たちが、わたしと話したがってくれた。

同じアレッポに住むアハメド・ハサンさんというジャーナリストは、わたしに会うために家にやってきた。わたしは、お気に入りのスカートとすてきな白いシャツを着たわ。記者にインタビューされるなんて初めてだったから、ちょっと不安だった。でも、アハメドさんはとても親切だった。英語で読み書きするところを見せたら、とてもかしこいねって言われちゃった。

どうしてツイッターを始めたのかと聞かれたので、わたしは答えた。戦争に飽き飽きしていたし、学校が爆撃されたり、友だちが殺されたのが悲しかったからよと。そして、みんなにわたしたちを助けてほしかったってことも。君がやっていることはみんなを助けているよとアハメドさんに言われて、わたしはとてもうれしかった。

アレッポの人たちも、わたしが役に立ってると言ってくれた。通りで動画や写真を撮っていると、「ありがとう、バナ」とか「えらいね」なんてよく声をかけてくれたし、わたしにツイートもしてくれた。わたしたちアレッポにいたみんなが世界から忘れられていると思っていたので、わたしが世界中の人にアレッポのことを忘れないでと呼びかけていることを喜んでくれたの。

ｗｉ-ｆｉ（無線インターネット）がちゃんと使えるようにしてくれた人たちは、爆撃の後にいつもわたしたちの地域に来て、「世界に向かって話しかけ続けることがとても大切だから」と言ってくれた。

もし、わたしたちがみんな爆撃で飛ばされても、わたしたちに何が起こったか、だれかに伝わるはずよ。少なくとも、さよならは言える。

「おまえたちは死ぬことになる」

飛行機が飛んできて、爆弾の代わりに紙をばらまいた。そこには、こう書かれていた。「この地域は破壊され、おまえたちは死ぬことになる。すぐに出ていけ」

政府はさらに、二十四時間以内に激しい爆撃が始まるとメールでも警告した。

政府軍は東アレッポじゅうに爆弾を落とすことにしたの。東アレッポにいる自由シリア軍全員を殺すために。けれど、そこにはわたしたちも住んでいた。出ていけと言われても、どこにも行き場所なんてない。政府軍は市内のあらゆる場所にいたから。それに政府軍は、西アレッポに行こうとする人を撃ったり逮捕したりするかもしれなかった。

包囲が始まったばかりのころ、東アレッポじゅうに飛行機からビラがまかれたことがあった。シリア政府は戦闘も爆撃もやめるので、みんな西アレッポへ行くことができるし、安全だと。だけど、そうしようとした人たちは、兵士に銃で撃たれた。もし西アレッポまで行けても、政府軍の兵士にされて戦わされた。西アレッポに行っても安全だというのは、ずるいわなだったってことなの。

出ていけというビラがばらまかれたあと、とてもひどいことになった。今思えば、それから先どのくらいひどいことが起きるのか、ぜんぜんわかっていなかったくらい。生きてきたなかで最悪の毎日。

それまでは、いい日は爆弾がふたつ、悪い日は十くらい落ちていた。けれどそのあとは、昼も夜も休みなく爆弾が落ちた。一日中、たぶん百くらいは落とされて、もう数えるのも無理ってくらい。

爆弾がずっと自分のまわりに落ちてくるのがどのくらいひどいことか、想像もつかないでしょうね。それに、このときの爆弾は種類がちがって、前よりも大きなものだった。塩素爆弾も増えた。

爆弾があまりに多く落ちるから、眠ることもできなかった。戦闘機がすぐに戻ってきてしまうので、お米やマカロニを用意する時間もない。

ひどく爆弾が落ちてきた最初のころは、わたしも弟もいとこたちも、みんな声をあげて泣いた。でも、しばらくすると泣かなくなったの。ヌールでさえもよ。もう流す涙がなくなったから。

ある朝、アベドおばあちゃんがやってきて、ママとパパとまじめな声でしゃべっていた。そんな気はなかったんだけど、わたしには聞こえてしまったの。軍隊がすぐそばまで近づいていて、「わたしたちの地区が次だ」って言ってる。

パパはすぐにウィサムおじさんを呼びにいった。また戻ってくるよと言って。ふたりで軍隊を探しに行くんじゃないといいけど、とわたしは思った。ママはおばあちゃんを元気づけようと紅茶を入れたけど、あんまり役に立たなかったと思う。

パパはその日の午後おそく、夕食前に帰ってきた。わたしは居間で日記を書いていた。パパはいつも外から帰ったらわたしをハグしてくれるのに、してくれなかった。代わりにキッチンにいるママとおばあちゃんのところにまっすぐ行って、前よりもまじめな声で話していた。

何か悪いことが起きている証拠。

死んだと思ったけど、まだ生きていた

悪いどころじゃなかった。今までで最悪のことになった。

パパとおじさんとおばあちゃんは居間で話し合って、軍隊からなんとか逃げる計画を立てていた。ママはファティマおばさんといっしょにキッチンで夕食を作っていた（またお米だった）。わたしは居間にいてまだ日記を書いていた。

とつぜん、たくさんの音がひとつになったような、これ以上ないほど大きい音がした。ガラスが割れて、壁が倒れて、隕石が地球にぶつかったみたいな衝撃があった。

わたしはだれかに思い切り殴られたみたいになって倒れた。すべてが真っ暗で、静かだった。わたしは死んだと思ったけど、まだ生きていた。

いろんな悲鳴が聞こえた。ママ、モハメッド、ファティマおばさん、ラナ。だれもが同時にわめいたり、大声を上げた。さけび声は聞こえるけど、だれも見えない。

#Standwi
ALEPPO
stop the
bombing
siege

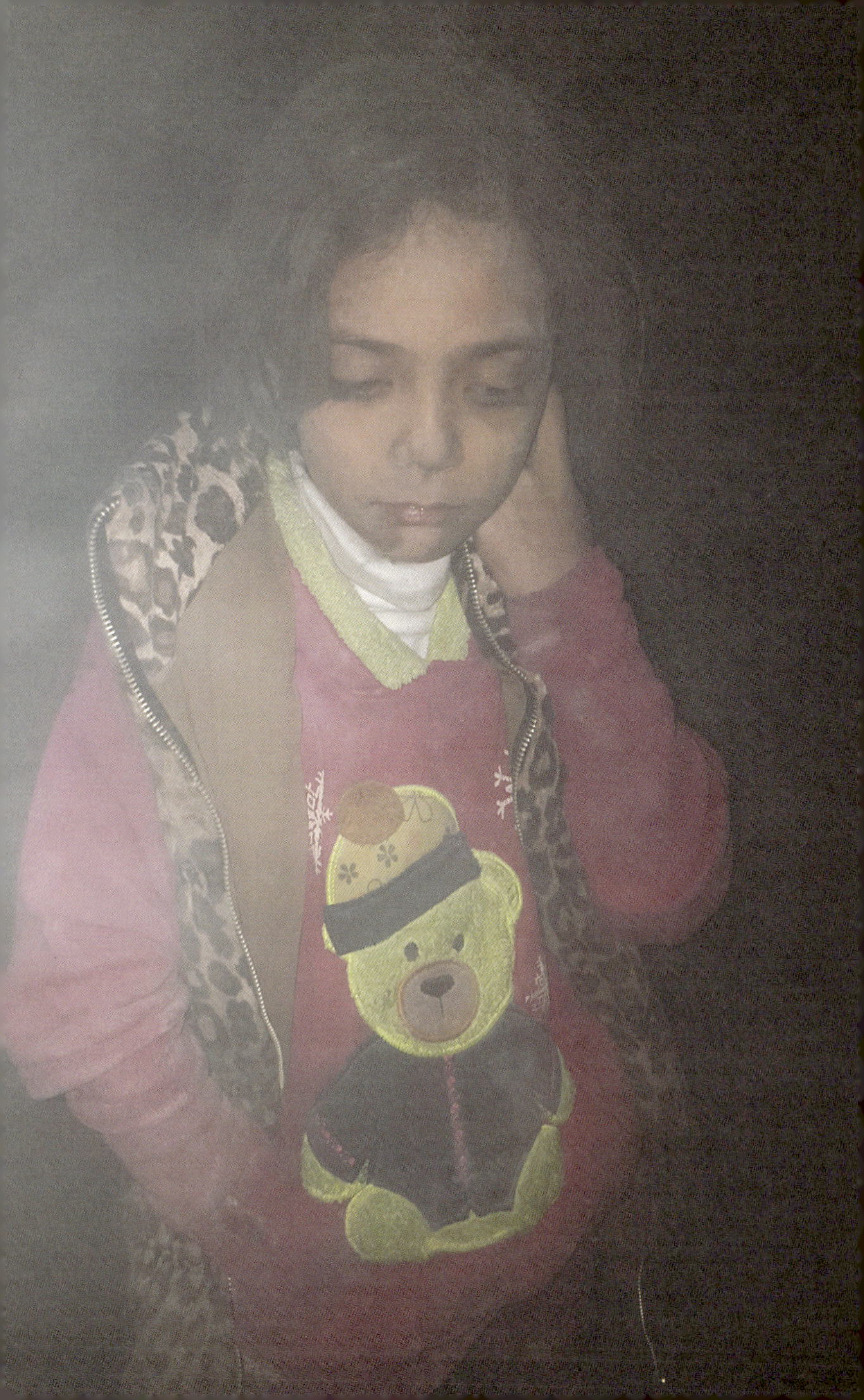

全部、煙で真っ暗。吸える空気がなかった。咳が止まらない。何も見えない。

ついに最悪の出来事が起きたのがわかった。

爆弾がわたしたちのアパートに命中したのだ。アパートの中のものは、何もかもふき飛ばされた。

だれかが、わたしの体に腕をまわして抱いてくれた。みんなで階段を駆け下りる。地下室へ着くと、ウィサムおじさんに運ばれているんだとわかった。床に下ろしてもらって、ぐるっとまわりを見る。おばさんやおじさんたち、いとこたちも地下室にいたけれど、ママがいない。パパもいない。

わたしはママとパパを大声で呼んだ。何の返事もなかった。ずっと走り続けていたみたいに息が切れた。

ママが来た。腕にモハメッドをかかえて。ほこりにまみれて、ママはまるで幽霊のようだった。ママはわたしを抱きしめてさけんだ。

「ヌールはどこ？　ガッサンはどこ？」

そう何度も何度もさけんだ。

ママが生きていたので、わたしはほっとして気が抜（ぬ）けてしまった。いい夢と悪い夢の中に同時にいるみたいだった。

大人たちみんながパニックになっていた。特にアベドおばあちゃんがひどくて、だれよりも大きな声で泣いていた。家にいるおじいちゃんや、パパのことを心配していた。どうしたらいいのか、だれにもわからなかった。

だれかが、地下室は安全じゃないって言った。でも、ほかに行くところはない。

爆弾が次々（つぎつぎ）とまわりに落ちているのが聞こえた。

ママがモハメッドを床に下ろすと、モハメッドはわたしのほうにはってきて、ひざの上に座った。パパがどこにいるのか、ママとウィサムおじさんが話していた。

「ガッサンを見た？　死んじゃったの？」

ママはさけび続けていて、声がすごく高くなっていた。

「ガッサンはヌールを助けたかしら？」

ガッサンもヌールも無事に決まってる、とウィサムおじさんはママに言った。別の地下室に通じる階段を下りたにちがいないと。

ママは上の階に上がって確かめようとしたけれど、みんなに止められた。危ないからって。

ママは床にくずれ落ちて、ずっと泣いていた。ヌールとパパは、どうしてわたしたちといっしょにいないんだろう。死んじゃったのかもしれないと考えると、とても疲(つか)れて苦しくなった。地面に横になり、眠(ねむ)りたかった。目覚めていることが大変すぎた。

そもそも、何も考えることができなかった。爆弾がまわりに落ち続けて、地下室の壁がくずれていくなかでは。

ママが急いで駆け寄ってきて、わたしとモハメッドの口を破ったシャツで覆(おお)ってくれた。ほこりを吸わないようにと。ママは自分の体の下にわたしたちを入れて、落ちてくる岩や壁のかけらから守ってくれた。

それでも、いろいろなものが当たったわ。まるで、するどいもので体じゅうを突(つ)つかれてるみたいだった。みんな、たくさん傷ができて血が出ていた。

とつぜん、ネザールおじさんが倒れた。死んだと思った。気を失っただけよ、とママは言った。目を覚まさせようと、みんなでおじさんに水をかけた。

今度は壁の大きなかけらがマーゼンおじさんに当たった。おじさんは大声でさけんで、足から血が流れ出した。

「だいじょうぶ、だいじょうぶ」とおじさんは言ったけど、とても痛そうだった。

しばらく、みんな静かにしていた。爆弾の雨の中で、ただそこにじっと座っているしかなかったの。

家がなくなって

爆撃（ばくげき）がやむのには何時間もかかった。

本当のことを言うと、わたしは爆撃がやむのがこわかった。わたしたちが上に行って、もしもパパとヌールが死んでいたらと思うと、このまま地下にいるほうがましだった。

あたりが静かになると、ウィサムおじさんはわたしたちに待っているように言った。どうなっているか見てくるからと。

おじさんは最高の知らせを持って戻（もど）ってきた！　パパとヌールは生きていたの。ふたりはもうひとつの地下室にいた。いいニュースなのに、ママは泣きっぱなしだった。

パパとヌールもいっしょになって全員が通りへ出た。ハグし合ってみんなが生きていることを喜びたかったけれど、そんなひまない。飛行機がまた戻ってくることはわかっていたし、わたしたちはどこか隠れる場所を探さなければいけなかったから。

わたしたちが通りで待っている間に、ママはお金や、持ってこられそうな大切なものはないかと急いで家を見にいった。ママは地下室に駆けこむ前にスマートフォンと、いつもそばに置いている、大事なものが入ったバッグを取ってきていた。でも、ママはパパのスマートフォンと充電器も取りにいきたかったの。わたしはお人形たちも連れてきてとお願いしたかった。

顔を上げると、真っ暗な中でも家がすっかりつぶれているのがわかった。本もおもちゃも全部なくなっちゃったんだ、きっと。うちが壊されたのを見て、悲しい気持ちよりももっと悪い気持ちがした。なんだか、わたしの中がすっかり真っ黒にぬりつぶされてしまったみたいだったの。

アベドおじいちゃんがこっちへ駆けてくるのが見えた。おじいちゃんはおばあちゃんのことが心配でたまらなかったのね。みんなでハグし合って、また泣いた。

わたしたちにはどこか行き先が必要だった。もう真夜中で、通りにいるのは危なかった。

パパとウィサムおじさんは、とりあえずアベドおじいちゃんとおばあちゃんが住む建物に行くべきだと決めた。おじいちゃんの話だと、そこにはそんなに爆弾が落ちなかったんだって。

爆弾が当たらないように、わたしたちはうんと速く走らなければならなかった。外はものすごく暗くてこわかった。自分たちがどこへ向かっているのかもよく見えないほどだった。

スマートフォンを見たり、明かり代わりに使ったりしてはだめよとママが言った。飛行機に見つかってしまうからと。

凍えるほど寒くて、わたしたちはくつをはいていなかった。小石や薬包で覆われた通りを走るうちに、わたしの足にはだんだん傷ができていった。でも、ちゃんとお姉さんらしく走らなくちゃいけない。だって、パパはモハメッドを、ママはヌールを抱きかかえていたから。

おじいちゃんの家の建物に着くと、まっすぐ地下室へ入った。とても寒かった。一番寒そうだったのはネザールおじさん。わたしたちに水を浴びせられたせいで、シャツが凍りついていたからね。

温まろうとして、みんなで身を寄せ合った。温まらなくちゃいけないとき、大家族は都合がいいの。

お日さまが昇ろうとしていたけれど、わたしたちはとても疲れていた。眠ってしまうまで、ママは寄りそっていてくれた。いつもはなかなか眠れなくて、静かになったときにちょっとずつ眠るしかない。

空にはいつも飛行機がいるから、静かなときなんてほとんどないんだけれど。でも、その夜はこれまで感じたことがないほどの疲れがあった。永遠に眠っていられそうだった。

目を覚ましたときはつらかったわ。何があったかを思い出しちゃったから。家がなくなったってことを。目が覚めたらママもパパもいなかったから、心臓がどきどきしちゃった。

あわてなくていいんだよ、とアベドおばあちゃんが言った。家から何か持ってこられないか、様子を見にいっただけだからね、と。

お人形を持ってきてくれるといいなと思ったけれど、みんな死んじゃったかもしれない。ヤスミンって名づけた人形も。

軍隊から逃げて

もうわたしたちには家がなかった。家がないなんてこと初めてだから、このあとどうなるのかもぜんぜんわからない。

ここからどこへ行けばいいの？

政府軍は毎日、アレッポの通りを一つひとつ、ふき飛ばしていっていた。だからわたしたちはやってくる軍隊から逃げて、どんどん東へ行かないといけなかった。

パパとウィサムおじさんは逃げ場所を急いで見つけようとした。パパの友だちのアブドゥッラフマーンさんはわたしたちが住めるところを教えてくれたけれど、歩いていくには遠すぎた。パパとウィサムおじさんは車を探しにいった。軍隊がこっちへ進んできているから、パパたちは急がなければいけなかった。

ママは家からいくつかのものを持ってこようとしたけれど、何もかもふき飛ばされていた。ママはそこで撮った動画を見せてくれて、わたしはそれをツイッターにのせたいと思った。そうすればわたしのうちがなくなったって、みんなに知ってもらえるから。動画を見ていたとき、また心の中が真っ暗になるあの感じがした。自分の部屋を見たときは特に。

パパが出かけてからしばらくすると、わたしは心配になってきた。軍隊に見つかるんじゃないか。もしかしたら、もうパパが見つかってしまったんじゃないかって。軍隊に見つかったらどうなるのか、はっきりわからなかった。

わたしたちを撃つの？

それとも牢屋に入れる？

牢屋ではわたしたちはいっしょにいられるの？

ママにいろいろ質問したくなるときがあるけれど、とてもこわくてきけなかった。

パパとウィサムおじさんは帰ってくると、わたしたちが待っていた地下室へ駆け下りてきた。

「さあ、行こう。行くぞ。急げ！」

みんなで通りまで駆け上がった。パパたちが見つけた車があった。荷台つきのトラックだ。

「乗って！」

パパはわたしたちをせかす。

みんなが心配そうな顔をしていた。全員が乗れそうになかったから。でも、乗るしかなかった。だから、みんな——十九人よ——車に乗った。

いったいどうやったのか、わからない。

みんなしっかりとつかまっていなければいけなかった。トラックはがれきの上で飛び跳ねたし、パパはすごいスピードを出していたから。落っこちちゃうかと思ったわ。

ヌールはずっと悲鳴をあげていた。わたしは目をぎゅっとつぶって、こわいのが少しましになるようにと願った。でも、だめだったけど。

最後に食べたのはいつだっけ

新しい家はとてもきたなかった。ドアを開けた瞬間（しゅんかん）、大嫌（きら）いになっちゃった。長い間だれも住んでいなかったみたいで、家具も食べ物も暖房（だんぼう）もなかった。ちっとも本物の家に見えない。

新しい家に着くなり、パパとウィサムおじさんはまたどこかへ行った。水を探しに。早く帰ってきてくれるといいなと思った。とてものどがかわいていたから。

最後に食べたり飲んだりしたのはいつだったか、思い出そうとしてみた。あまりにものどがカラカラになると、ものすごく変な感じがして、つばも飲みこめない。それに、すごくおなかがすくと、痛くなっちゃうの。

お風呂に入りたかった。ほこりにまみれて、あちこち切り傷があって、わたしたちはとてもきたなくなっていた。でも、体をきれいにする方法なんてなかった。どうせ清潔な着がえもなかったけどね。パパは市場でくつを見つけてきてくれた。どっちかと言うとスリッパみたいだったけれど。本物のくつなんか売ってなかったし、とにかく何かはくものが必要だったの。

こんなに最悪な感じは初めて。

おなかはペコペコで、のどがかわいて、疲(つか)れていて、こわくて、悲しくて、暖房も毛布もないから寒くて凍えそうだった。爆弾(ばくだん)のせいで、まだ耳鳴りがしていた。

一度にこんなにたくさんのひどい気分におそわれて、どうしたらいいのかわからなかった。わたしはただママのひざの上に寝(ね)そべって、何も考えないようにしていた。

生きていくのに疲れちゃった

いつまでこの家にいるのか、そもそもここがわたしたちの新しい家になるのかどうか、わからなかった。ただ、ここにはあまり爆弾が落ちない。それはいいことだった。軍隊がいるところからかなり離れていたので、爆弾は一日にひとつかふたつ落ちるだけ。

でも、よかったのはそれだけで、あとは全部ひどかった。

パパは毎日、水を探しにいかなければならなくて、けれどもほとんど持って帰ってくることができなかった。燃料がないから発電機を動かせなかったし、電力がないから、水をポンプでくみ上げることができなかった。

一日に飲めた水は小さなコップに一杯だけ。食事も一日一食だけ。

爆撃された元の家に少しだけあった小麦粉で、ママがパンを作った。パンのようなものって言ったほうがいいかな。フライパンを火にかけて作ってくれた。燃料が何もなかったから、火で焼いて料理していたの。

近所の人が毛布を何枚かわけてくれたけど、わたしたちは毎晩、家のきたない床で眠っていた。まくらがなかったから、ヌールの頭をおなかにのせてあげた。

わたしはとても具合が悪かった。心が病気だから、体も病気になっちゃったみたい。でも、あまりにも疲れていたから、寝ていることしかできなかった。気分がよくなる薬なんかなかったの。

もう疲れ切っちゃって、希望なんか持てなかった。生きていくのに疲れちゃった。爆弾がわたしたちの上に落ちてきて、これ以上生きなくてもよくなったら楽かもしれない。

新しい家も追われて

「起きて、起きて！」

ママとパパが大声でみんなを起こしている。お日さまがやっと昇ったところだっていうのに、なぜ起きなくちゃいけないの？　空き家に住んで二週間がたち、ここが新しい家だと思っていた。それなのに、ママは言った。

「バナ、今すぐここを出なければならないのよ！」

わたしはとても疲れていて、わけがわからなかった。

真夜中に近所の人たちがやってきて、政府の軍隊がまた近づいてきていると教えてくれた。だから、すぐに出ていかないといけなくなったの。でも、行くところはどこにもなかった。

だれもがパニックになっていた。パパは外に車を停めていた。お友だちのアブドゥッラフマーンさんのものだった。女の人と子どもはみな車に乗りなさいとパパは言った。なんとかみんな乗りこむと、パパは猛スピードで運転した。みんなの体がぎゅうぎゅうにくっつく。

「どこへ行くの？」

わたしはきいてみた。でも、だれも返事をしなかった。パパはただ車を停めて、みんなにここで待つようにと言った。もう一回引き返して、今度はおじさんたちを連れてくるからと。

生まれて初めて来る場所だった。どこへ行くのかもわからない。わたしはママの手をにぎった。

ほかにやることもなかったから、そこらへんをみんなで歩いていた。すると、知っている人に会ったの！

ツイッターのことで、わたしにインタビューをしにきた記者、アハメド・ハサンさんだった。アハメドさんはとても親切で、手伝えることがあればいつでも言ってほしいと言っていた。わたしたちにはもう家がなかったから、ときどきママとわたしはその人の事務所まで歩いていって、スマートフォンの充電をさせてもらったり、wi-fiを使わせてもらってツイッターをやっていた。

わたしたちは行くところがなくなったの、とアハメドさんに話した。手助けさせてほしいとアハメドさんは言った。自分はこの近くのアパートにひとりで暮らしているからご家族で泊まってください、と。自分は友だちの家に行くからと言ってくれたの。

「ありがとうございます、本当にありがとうございます」

ママはそう言い、わたしはアハメドさんをハグした。行くところができて、本当にうれしかったわ。パパとおじさんたちが戻ってきたら、この話をしてあげられる。

爆弾がパパに当たって

パパが戻ってきたときに、まず見えたのが血だった。パパは笑ってごまかそうとしていたけど、すぐにみんなも気づいた。車から降りたとたん、ママは駆け寄った。車もわたしたちが降ろされたときと様子が変わっていた。ドアがみんな傷ついていてフロントガラスが壊れていたの。

「ガッサン！　何があったの？　だいじょうぶ？」

ママはパパの体をあちこちさわって、どこをけがしているのか確かめようとした。ウィサムおじさんも血を流していて、ファティマおばさんもママと同じことをしていた。おじさんが楽になるようにと。

パパが男の人たちを連れに戻ったとき、車の前で爆弾が爆発したんだって。パパとウィサムおじさんに破裂弾が当たったの。ネザールおじさんに当たったときみたいに。ただ、パパの場合は顔じゃなくて腕に当たったの。ウィサムおじさんは背中に。アハメドさんの家に行き、パパたちの傷を調べた。傷口を洗い流すための水さえなかった。

パパは「平気、平気」と言い続けていた。でも、平気なんかじゃなかった。それがわかったから、わたしはとてもこわくなった。だから大泣きしちゃった。どうにも止まらなかったの。

それからわたしはママのバッグからコーランを取り出した。ママはハッジをやったときにもらったそのコーランを、ずっとバッグに入れていたの。家が爆撃される前にバッグを持ってきていたから、コーランは無事だった。

わたしはいつもパパに（それからお人形たちにも）コーランの一節を読んであげるのが好きだった。パパもわたしたちも気分がよくなるように、パパのお気に入りの一節を声に出して読んであげた。

「神だけが最高の守護者。彼の慈悲はほかのだれの慈悲よりもはるかに尊い」

もう逃げ場がない。これでおしまい

新しい家には部屋がふたつとベッドがふたつだけ。わたしたちは全部で十九人。床にマットレスを二枚しいて少し寝る場所をつくり、片方には女の子たちが、もう一方には男の子たちが眠れるようにした。

毎日、食べるものや飲める水を見つけるところから始めなくてはならなかった。あまり外には出たくなかった。通りにはたくさんの人があふれていた。わたしたちみたいに行くところのない、とても大勢の人たちが。ただ地面に寝ているだけの人もいれば、血を流している人もいる。暖まろうとして何かを燃やしている人も。

アパートでは狭いところにたくさんの人がつめこまれていたけど、外に出たときでさえ、狭いところに人がつめこまれている気がした。そんな感じは好きじゃなかった。

バナ・アベド　@AlabedBana

お願いです、今すぐわたしたちを助けて。バナ　#アレッポ

2016年12月16日

暮らしていた建物はアレッポのうんとはじっこのほうにあった。軍隊や爆弾にわたしたちはここまで追いやられてしまったの。もうこれ以上、どこにも行けない。

わたしたちと戦車との間には何もなかった。今、軍隊はどんどん爆弾を落として、大きな銃を持ってこっちへ向かってきている。

もう逃げ場がない。

これでおしまい。

ママとわたしはツイッターで助けを求めた。もしかしたら、爆弾を積んで戻ってくる飛行機たちを止めてもらえるかもしれない。

もしそうならなかったら、わたしたちはもう終わり。

返信が来た！

わたしたちを助けてくれるという人から、ママに返事が来た！　トルコの外務大臣が、政府軍をはじめ、イランやロシアの人たちと、停戦になるように話をしていた。わたしたちがアレッポから出ていけるように、戦いや爆撃がひと休みになるように。アレッポに閉じこめられたみんなを乗せるバスが何台も来るらしいの。アレッポを出て、安全などこかへ連れていってくれるんだって。最初の日、バスはけがをした人や病気の重い人を乗せる。その次の日にはバスが戻ってきて、アレッポを離れたい人みんなを乗せていってくれるのよ。

この話をわたしたちがどんなに喜んだか、想像もつかないでしょうね。アレッポを離れることを考えて悲しくなるかと思ったけれど、そんなことより食べ物や水や眠れる場所が欲しかったの。たとえそこがアレッポでなくてもね。

次の日、ママとわたしは近くの病院で働いている知り合いのところへ行った。最初のバスに病気の人たちといっしょに乗れるように手を貸してもらえないかとたのんだの。パパのけががまだ治らないから。でもママの知り合いは、自分にできることは何もないと言った。

病院の外で見たもののことはあまり考えたくない。けがをして血を流している何百人もの人が、そこらじゅうに横たわっていたの。泣き声をあげたりうめいたりしている人もたくさんいた。目を閉じている人もいっぱいいたけれど、ただ眠っていただけだと思いたい。

あたりはとてもいやなにおいがした。タイヤをいっぱい燃やしたときのにおいよりもひどかった。どんなに忘れたいと思っても、絶対に忘れられないにおいよ。

バスに向かって走り出した

最初の日のバスに乗らないほうがいいと、パパは思っていたの。ちゃんと安全なのか、様子を見たがっていた。

それでも、アベドおばあちゃんは最初のバスに乗りたがっていた。バスが出るのは一度きりかもしれないと思っていたの。わたしも最初のバスで出ていきたかった。今いるところでないなら、どこへでも行きたかった。

でもパパは頭がよくて、家族をちゃんと引っ張ってくれるし、何が一番いいのかってことを知っている。その晩、たくさんの人たちがアレッポを出ていったという話を聞いた。それはいい知らせだったし、次の日には自分たちが出ていけるんだとワクワクしたわ。

次の日の朝早く、日が出る前にわたしたちは出発して、バスに乗る行列の先頭に並ぼうとした。でも着いたらもう人がぎっしり。行列の先頭も、バスも見えないほどだった。

通りで寝ながらバスを待っていた人たちが、わたしたちの前に大勢いたの。できることといったら、やっぱり待つことだけ。食べ物も水もなかったし、凍えるような寒さだったから、ガタガタ震えてしまった。暖まろうとしてたき火をしたけれど、鼻もつま先も指も感覚がなかった。

午後になって、悲鳴と大きな破裂音がいくつも聞こえた。バスに乗ろうとしている人たちが銃でねらわれたの。

待っていた人たちはみんなあわててパニックになった。特におばあちゃんが。

「ほら言わんこっちゃない、昨日のうちに出ていくべきだったんだよ！　もう絶対にわたしらは出ていけないさ！」

みんなが落ち着かせようとしたけれど、おばあちゃんがあわてるのも当たり前よね。とてもひどいことだもの。もうバスが来なくなっちゃったら、どうなるの？

アパートに帰って、ママとわたしはツイッターでみんなに知らせた。停戦が破られたことを。わたしたちにできることは何もなかったけれど、世界のどこかにいる友だちが兵士たちに約束を守らせることができるかもしれない。逃げていこうとするだけの人たちを傷つけないっていう約束を。

次の日、もっと悪いニュースを聞いた。もうバスはないというの。何も希望がなくなってしまったから、うんと悪い日だった。バスが戻ってきますようにと祈ることしかできなかった。

そのまた次の日、日の出前に起きたわたしたちはバスが来るはずのところへ行って、銃撃されないようにと祈った。今度は、前よりも人が少なかったわ。こわくなった人たちがいたからかもしれない。

そしたら、バスが見えた！　バスが来たの！　バスは大きくて、ヘビみたいに長い列を作って並んでいた。

それは、これまで見たなかで一番美しい眺めだった。わたしは泣き出してしまった。幸せすぎて涙が出たの。そんなの初めてだった。泣くのは悲しいときだけだと思っていたから。

わたしはママの手をにぎり、バスに向かって走り出した。あのバスに乗らなくちゃ。

ヌールとモハメッドもさけびながら走り始めた。

「バス！　バス！」

弟たちはわめいた。笑っているような、泣いているような感じで。

「待って、待ちなさい、まず安全かどうか確かめてからよ！」

ママはわたしを引き戻そうとしていた。

でも、わたしは戻りたくなかった。

バスに乗るんだ。

アパートに戻らなくてもいいように。あんな場所、もう二度といや。

走ってちょうだいとママとパパにお願いして、みんなで走り出した。人ごみの中でちょっとはぐれてしまったけれど、家族みんなが乗れるだけの席はじゅうぶんにあった。

走って走って、わたしたちはバスに乗りこんだ。

バスが動かない！

ここを出て安全なところへ行ける。爆弾から逃げられる。わたしたちはとても興奮していた。

でも、バスは動かなかったの。

なぜ動かないのかはわからなかった。いくら待っても、バスはぜんぜん動かない。一時間、二時間、それから何時間も過ぎた。

日が暮れたけれど、相変わらずバスは動かない。バスに乗る人も降りる人もいなかった。わたしたちは閉じこめられていた。食べ物も水もなかった。あまりにも寒くて、口からはく息が白く見えた。

最悪なことはほかにもあった。だれもトイレに行くことができなかったの。だからみんな、特に子どもたちは下着の中でするしかなくて、バスの中は想像もできないくらいひどいにおいがしていた。

もう夜で真っ暗な中、わたしたちはバスの席に座っていた。明かりはまったくないし、待つことしかできなかった。爆弾が落ちてくるか、兵士が乗りこんでくるような気がしてきた。

だれも何も言わない。みんなあまりにも悲しくて、こわがっていたから。すごく静かだった――聞こえるのは、おなかがすいて、おむつがよごれているせいで泣いている赤ちゃんたちの声だけ。まるでバスが牢屋で、わたしたちはそこに入れられた囚人のようだった。バスにいつまでもいなくちゃいけないとしたらどうなるの？

ママのスマートフォンは電波が通じたから、助けてもらえないかとトルコの政府に急いでメールを送った。

お日さまが昇ってきたとき、わたしたちはみんなまだ起きていた。とつぜん、エンジンの大きな音が聞こえ、バスが動き始めた。

夢じゃないかと思った。二十分くらい走ると、窓の外にたくさんの人が見えた。わたしたちを助けるために待っていた人たちよ、とママが言った。窓ガラスに映ったわたしの顔が見えた。大きな大きな笑顔。もしかしたら、あんなにニコニコしていたことはなかったかもしれない。おかげでほっぺが痛くなっちゃった。とても信じられないことだった。

わたしたちはついに安全な場所にたどりついたの。

空から見ると、世界はかわいい

バスから降りたとき、わたしの足はガクガクした。あんまり長く座っていたので、どうやって立つのか忘れちゃったみたい。

親切な人がいっぱいいて、バスから降りてきた人たちに食べ物や水をたくさんくれた。ほかのバスには赤ちゃんが生まれそうな女の人がいた。お医者さんたちが助けにきていたわ。

モハメッドは言った。

「ママ！　ぼくたち、天国にいるんだね！」

だれもが同じように感じていた。あまりにも長い間、食べていなかったので、何から食べたらいいのかわからなかった。バナナにリンゴにパン！　何もかもいっぺんに食べちゃいたかった。

何よりお水は本当においしかった。つづけて三本も飲んじゃったわ。でも、あんまりたくさん食べたり飲んだりしたので、みんながはいてしまった。だからちょっと休んでから、また食べたのよ。

食べて片付けをしたあと、男の人がわたしとママにテレビで話してくれないかと言った。アレッポのことや、安全になってどんな気持ちかをみんなに話してほしいと。

それが終わると、お医者さんが近くの自分の家にわたしたち家族を招いてくれたの。体をきれいにするようにって。そこへ着くと、トルコ政府の人たちが、わたしたちを迎えにきた。身の安全を守れるようにと。

わたしがツイッターで話したり、平和を願ったりしているのを、シリア政府は気に入らないんだって。だからここにいたら、わたしたちは安全じゃないの。いなかだけど、まだシリアの中だから。

わたしたちは車で国境のそばの別の町まで行かなければならなかった。それから、飛行機でトルコへ行ったの。空を飛んだのは初めて。飛行機が飛んだとき、おなかのあたりがおかしな感じだったわ。飛ぶのがこわかったせいもあったし、シリアを離れるのがちょっと悲しくて不安だったから。飛行機の中で、アレッポが見えないかと下を見てみた。さよならと手をふろうと思ったの。でも、真っ暗で明かりがいくつか見えただけだった。

空から見ると、世界はとてもかわいい。ちっちゃな建物や明かりがあって、お人形の家みたいなのよ。そんなところに爆弾を落とせるなんて想像もできない。

みんな黙って窓から外を見ていた。パパは座席にもたれて目をつぶっていた。ヌールとモハメッドは眠っていた。ママは向かいの通路側に座っていた。そして身を乗り出してこうささやいたの。

「もう安全よ、バナ。これでもうだいじょうぶ」

その言葉を聞いてすぐ、わたしも眠ってしまった。パパと泳いでいる夢を見た。水をかけっこしていた。わたしは声をあげて笑っていたわ。とても幸せだったの。

娘へ5

未来はどうなるかわからないものよ、バナ。でも、私たちが人生で最悪の数日を生き延びたことだけは確か。そう思うと、いくらかいい気分になるでしょう。シリアでの最後の数週間、いえ数カ月にわたって耐え忍んだ恐怖や混乱や欠乏は、もう感じなくていいの。少なくとも、悪夢を見ていないときには。

まったく終わりが見えずに、来る日も来る日も続く苦痛や死、のどの渇きに飢え。本当につらかったわよね。あなたたち子どもに栄養失調やストレスの影響が現れているのがわかった。目の下のクマ、薄くなった髪、怯えによる沈黙。あなたがぜんそくの発作を起こしたり、とても具合が悪くなったりしても、飲ませてあげられる薬がなかったときの恐怖。私たちはたいていの人が想像も理解もできないほどの地獄を生き抜いたの。

こんなことを言うのはつらいのだけれど……わたしはいつも、あなたたち子どものためにたくましく、恐れを見せないで、非人間的な環境でもできるかぎり幸せな生活を送りたかった。けれども、これ以上もう無理だと思った瞬間もあったわ。我が家が破壊されてしまったときがそう。それから何週間も、自分たちの街で難民になるなんてね。

あなたたちが苦しみ、子どもが絶対に見るものではないおぞましい光景――通りで腐敗している死体の山――を見ているとわかっていたのに、あなたたちを守るすべも、状況をよくする方法もまったくなかった。

そして、政府軍が近づいてくることを近所の人たちから聞いた。私たちはアレッポの外れへとだんだん追いやられて、迷路の中のネズミみたいに前も後ろも敵にすっかり囲まれて、頭上には戦闘機が迫ってきていた。

あなたのパパと私は戸外の凍える寒さの中、身を寄せ合った。真っ暗な夜で、明かりと呼べるのは遠くで燃えているいくつかのたき火の炎だけ。風に乗って、ナイロンと木の焼けるにおいが漂ってくる。それに混ざり合って、油のつんとするにおいと遺体の腐っていくにおいも。

恐怖心にのまれるままになっていると、なぜか気持ちが安らいだ。私たちはここまで耐えてきたのだと思うと、不意にこんな言葉が口をついた。

「もう終わり」

私はその言葉をはっきり口に出したと思う。すると、恐怖心の代わりに、安堵感を覚えたのよ。生き延びようと必死に努力することに疲れてしまっていたのでしょう。こんなにも長い間、闘ってきた後では、すべてをあきらめたら楽かもしれないと思った。流れに引きずりこまれるままになり、現世を去って来世に生きよう、平穏な気持ちを得られる方法は死しかない、と思えたの。

けれども、生きようという意志は強いものね。無意識のうちに、呼吸や心臓の鼓動が人間を励まして生かしてしまうの。

人が苦痛に耐える力は、驚くほど強い。私たちは起こったことを受け入れ、耐えることができる。死んだりあきらめたりするほうが簡単でも、前進する方法を見つける。もっとも暗い考えが頭をよぎった後でさえ、私は生きるための理由をなんとかかき集めた。主な理由は、あなたたち子どもよ。それに、自分がまわりの人を助けられることも生きる理由になった。あなたと私はシリアの人々のための声となっていたわね。みんなを失望させることなどできなかったの。

それは不思議なことだった。バナ、ツイッターがわたしたちを救ってくれるなんてね。ツイッターは、私たちを助けてくれる人たちとつながる方法を与えてくれた。私たちの安全を守り、アレッポから脱出させてくれる人たちと。

でもそれだけじゃなかった。世界中の人とつながって、私たちの話をできたことで、気持ちが楽になったわよね。地下室での私たちの世界は小さなものだったけれど、スマートフォンひとつのおかげで大きなものとなった。

シリアにいる子どもたちには、自分で声を発する方法がなかった。だから、バナ、あなたがみんなの代わりに話をしたの。

小さなころから、あなたは不公平なことにはすごく怒ったわね。あなたの強い道徳心に反するものを見るといつでも、「それはまちがってるわ」「そんなの不公平よ」と臆せず言っていた。

戦争中、あなたは確信していたわね。ここで何が起こっているかをみんなに知ってもらえたら、わたしたちを助けてもらえる、と。そのとおり、みんなが助けてくれた。いま私たちは危険を脱したけれど、戦争を完全に終わらせるためにやるべきことはまだあるの。

戦争がなくなるまで、私たちは口をつぐんではいけない。たとえあなたを信じようとしない人がいたり、いじめようとする人がいたりしても。

最悪の場合、あなたを黙らせようとする人がいてもよ。七つの女の子の命を奪うという脅しほど、恥ずべき行いはない。あなたを殺してやるという脅しを最初に受けた日、私の血は凍りついた。それはツイッター荒らしや政府からのものだった。政府軍が私たちの家を意図的に爆撃したことを知ったときもぞっとした。吐き気を覚えるほどに。

とりわけこの何週間かは、あなたの命が心配だった。私たちが追われているのではないかと感じていたから。親族も、あなたが特に危険にさらされているのではないか、家族がみな危ない目に遭うのではないかと心配していた。

政府に追跡されないよう、私はスマートフォンからＳＩＭカードを抜き取った。家の外に出るときはいつでも、あなたに帽子をかぶせるようにと気をつけた。政府軍にあなたの顔を見つけられたくなかったから。男の子の服を買ったとき、あなたがどんなに泣いたかを覚えているわ。でも、あの服もあなたを助けたのよ。

バナ、あなたを守るためなら私はどんなことでもする。でも、あなたは黙ってはだめ。あなたに声をあげさせないことこそ、彼らの望みなのだから。この世の始まりから、平和の担い手は黙らされようとしてきた。

でも、あなたを沈黙させようとする行為は、あなたのメッセージがどれほど強力なものかを証明するだけ。あなたは世界を変えられるし、彼らもそのことを知っている。だから私たちは口をつぐまないし、平和しか望まない幼い少女を傷つけたがる卑怯者に負けるつもりもない。罪のないシリアの人々や、戦争によって被害を受けているほかの国の人々のために、私たちは声をあげ続けなければいけない。

私たちは、戦争がどれほどむごいものかを知っている。私たちが声を発しなければ、だれがやるの？　私たちは生き抜いた。その奇跡に対するお返しは、ほかの人たちが生きられるように手助けすること。

未来は私たちにどんなものを用意してくれると思う？　それはわからない。あなたと弟たちが知っているのは、戦争と暴力にまみれた生活だけ。それによって受けた傷が癒えるまでは時間がかかるでしょう。でも、すでにあなたもモハメッドもヌールも前よりもたくさん笑うようになっているし、以前にはなかった明るさが見られる。それにヌールは、トルコに着いてから一週間後に初めて言葉を話した。今ではちょっとしたおしゃべり坊やよ。パパと私は、ヌールが話さなかったころが懐かしいねなんて、冗談を言っているわ。冗談を言えるなんて、本当にすばらしいこと。

バナ、私が未来について持っている夢はささやかなものよ。家族のために新しい家をつくって、私たちが大好きな物で家をいっぱいにすること。それに、あなたと弟たちによい教育を受けさせること。私が大学を終えられて、パパが家族を支えられる仕事を見つけること。

私たちが願っているのは、だれもが願っているようなこと。シンプルで幸せな暮らし。

生きていくために必要なものがはっきりしたのは、すべてを失ったからこそなのでしょう。祖国を、我が家を、持ち物を。あらゆるものを剝ぎ取ったら、自分がどんな人間なのか、欠くことのできないものは何なのかがわかった。

欠くことのできないものとはあなたなの、バナ。それにパパもヌールもモハメッドも。私たちに必要なのは、家族なのよ。

私たちはいつもシリアを恋しく思うでしょう。バナ、あなたは毎日たずねるわね。いつ、おうちに帰れるの、と。いつかシリアに帰れる日が来ることを願っているわ。再建された祖国を、みんなで目にする日を。

それはまだ遠い先のことかもしれない。その日が来るころ、私はあなたの子どもたちのおばあちゃんになっているかもしれないわね。そうしたら、孫たちに戦争のことを話してあげるわ。「あなたたちのお母さんはとても勇敢だったのよ」と。

バナ、あなたが決してあきらめなかったこと。みんなを助けたこと。希望と平和のメッセージを、あなたがどうやって広めたかということを話して聞かせるわね。

あなたたちのお母さんは、ヒーローなのよって孫たちに話すわ。

そう、あなたはヒーロー。あなたの母親であることを、私はとても誇らしく思う。
愛しているわ、バナ。あなたには想像もつかないほど強く。

愛をこめて

ママより

誕生日の願い

シリアの戦争では五十万人が殺されて、たくさんの人が今でも毎日死んでるって、あなたは知ってる？

うちの家族みたいに、ほとんどの人は愛する国を離(はな)れて、難民(なんみん)になるしかないの。自分の国に難民が住むのなんていやだと言う人もいるのよ。難民にはもう帰る家がないのに。どこかほかのところへ行ってくれればいいのにと思っている。

「どこかほかのところ」の人たちだって、難民をいやがるかもしれないのに。でも、みんなにはほかに行くようなところなんてないのよ。帰る国がないとか、両親や子どもたちが殺されてしまうかもしれないとしたら、あなたはどうする？

シリアではだれかの家に行くと、家族みたいに歓迎(かんげい)してもらえるの。わたしたちはあるものを何でも分け合う。紅茶とかお菓子(かし)とか。だれかがあなたの国へ行ったとき、そんなふうに歓迎してもらえるといいなって、わたしは思うの。持っているものを分け合って、その人たちを助けてあげて、どんなことを切り抜けてきたかをわかってあげようとする、ってことよ。

トルコの人たちは家族にやさしくしてくれるから、わたしはうれしい。わたしたちは運がいいと思う。シリアの難民には、キャンプで暮らさなくちゃいけない人たちもいるから。人が多すぎて食べ物や薬もじゅうぶんにない難民キャンプもあるの。仕事とか学校もなくて、一日じゅう何もすることがないような場所が。

わたしはトルコのレイハンルにある難民キャンプに行ったの。みんなが暮らすためにいいところにしようとしていたけれど、家があるのとはやっぱりちがう。トルコのガズィアンテプにある、親がいない子どものための施設にも行ったわ。そこには両親が戦争で死んでしまった二十五人以上の子どもたちがいた。

わたしにはまだパパもママもいるから、とても幸運だと思う。でも、パパもママもいない子どもたちが本当にたくさんいるのよ。それに今でも毎日、子どもたちが死んだりけがしたりしているの。たとえば、わたしはアブドゥルバセト・ターンへ行ったけど、わたしと同い年ぐらいの男の子が爆弾で両脚をなくしていた。

難民キャンプで暮らさなければならない人がいるのはまちがっている。いつもこわい思いをして暮らしている人や、友だちや家族を助けられない人、ママが死ぬところを見てしまう人がいるのも。ちゃんと飲める水や食べ物や家がない人がいるのもまちがっているわ。何かがまちがっているとわかっていたら、直さなくちゃね。どこの国に住んでいても、みんな助け合わなきゃだめなのよ。

わたしは戦争がどんなにひどいものか——特に子どもたちにとってね——ってことを知ってもらうことで、いろんな人たちを助けているの。

あなたもお手伝いができるわ。シリアの人や難民を救う活動をしている人たちにお金を寄付することは助けになるの。

それか、あなたの国の人たちに話すことができるはずよ。大統領や総理大臣や政治家に手紙を書くこともできる。

難民の家族に親切にしてあげてほしい。新しい国で、助けがいるかどうかを見てあげるの。みんなホームシックにかかっていることを忘れないでね。

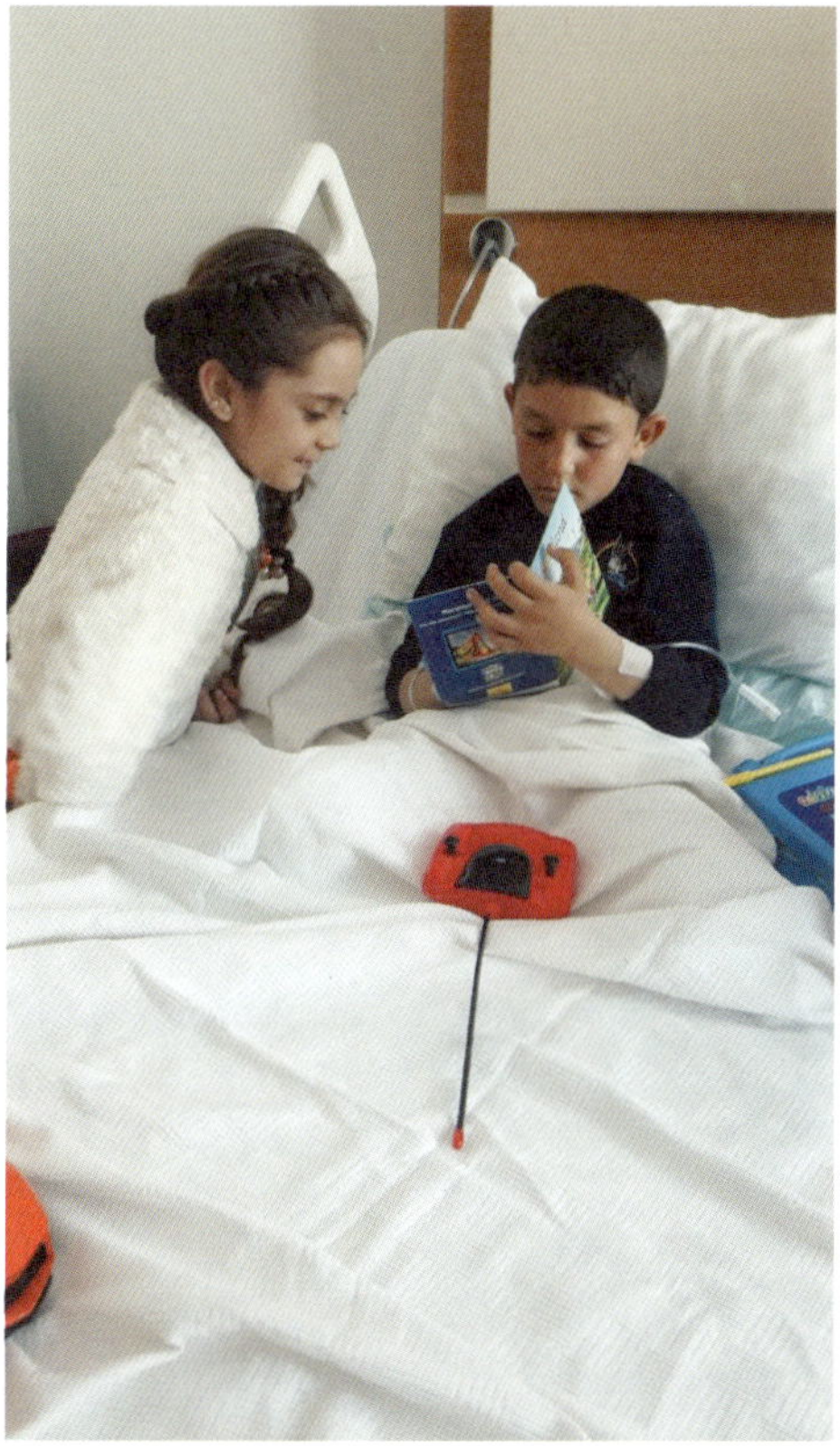

お祈(いの)りをしたり、お願いをしたりするのでもいい。誕生日ケーキのろうそくをふき消すときとか、噴水(ふんすい)に硬貨(こうか)を一枚投げ入れるときとかに。

わたしはこの本を書き始めたときに八歳(さい)になった。だから、誕生日ケーキのろうそくをふき消すとき、ひとつだけお願いをしたの。

お願いをたったひとつにするのは大変だった。だって、たくさん、かなってほしいことがあるから。

爆弾が落ちる音を二度と聞かなくてすみますように。

いつかアレッポに帰って暮らせますように。

妹が生まれますように。

学校に行って、大学に行けますように。

一番の願いごとをわたしは決めた。

シリアや、戦争が起こっている国がすべて平和になりますように。

これが八歳になった、今のわたしの願い。

FROZEN

I would like to thank every body who helped to publish this book. It wouldn't have been possible without my family and many friends. Christine PRIDE my editor, was very supportive and encouraging. I would also like to thank my agent Zoe King who walked the walk with me every step of the way to publishing day. And finally. I would like to thank J.K. Rowling for being an inspiring energy to me.

Thank you all.

Bana

この本を出すお手伝いをしてくれたみなさんにお礼を言います。わたしの家族やたくさんの友だちがいなければ、本を出せなかったでしょう。編集者のクリスティーン・プライドさんはうんとわたしを支えてくれて、励ましてくれました。エージェントのゾーイ・キングさんにもお礼を言います。この本が出る日まで、ひとつひとつのステップをわたしと一緒に歩いてくれました。それから最後にＪ・Ｋ・ローリングさんにもお礼を言いたいです。わたしにとって、元気を与えてくれた人だから。
みなさん、ありがとう。

バナ

シリア内戦　年表

二〇一〇年…………
＊十二月　チュニジアで民主化運動「ジャスミン革命」が起きる

二〇一一年…………
＊三月　シリアに「アラブの春」が波及。ダルア市、首都ダマスカスで大規模デモが発生し、内戦状態になる。第二の都市アレッポでも抗議デモが発生し、他の都市に広がる
＊五月　シリア政府軍（以下、政府軍）が西部に戦車を送る。抗議デモ参加者が武装を開始
＊九月〜十一月　欧州連合（EU）、トルコ、アラブ湾岸諸国がシリアに経済制裁を発動

二〇一二年…………
＊五月　治安部隊がアレッポ大学を襲撃。国連人権理事会が戦争犯罪を行っているとしてアサド政権を非難
＊七月〜九月　アレッポで政府軍と反政府武装勢力「自由シリア軍」が激しい交戦。政府軍によるアレッポへの爆撃が始まる
＊十月　イスラム教の祝祭にあわせて一時停戦が発効したが、初日で崩壊。火災によりアレッポに古くからある市場が破壊される

二〇一三年…………
＊四月　「イラクのイスラム国」（ISI）が「イラク・シリアのイスラム国」（ISIS）に改称
＊八月　ダマスカス郊外で、化学兵器の使用が疑われる事件が発生。死者一四〇〇人以上

二〇一四年…………
＊一月　国連が和平交渉「ジュネーブ2」を開催するが、二月に中断
＊二月　政府軍がアレッポに樽爆弾を落とし、死者約二五〇人
＊六月　ISISは、イスラム国（IS）に改称。アレッポからイラク東部のディアラ地方で「カリフを指導者とするイスラム国家」を建設すると宣言。シリア大統領選挙でアサド大統領が再選

＊八月　アメリカとアラブ五か国の有志連合がイラク領内のＩＳを空爆
＊九月　有志連合がアレッポとラッカ周辺のＩＳを空爆
＊十月　政府軍がアレッポを包囲。食料などの供給ラインを切断する

二〇一五年…………

＊八月〜九月　難民が亡命を求め、ヨーロッパへと国境を越えて流出。社会問題化する
＊九月　トルコに遺体で漂着したシリア人難民の男児アラン・クルディの写真が世界中に配信される

二〇一六年…………

＊二月　ロシア軍がアレッポなどを空爆し、政府軍の進攻を支援。国連が和平交渉「ジュネーブ３」を開催、四月に決裂。アメリカとロシアの仲介で一時的な停戦が発効
＊四月　アレッポで政府軍が病院を爆撃
＊七月　政府軍がアレッポ東部の包囲を開始
＊八月　アレッポでほこりと血にまみれた姿で救出された男児の映像が交流サイトを通じて広がる
＊九月　政府軍がアレッポ東部を包囲。アレッポへの攻撃を強化し、主な病院を相次いで破壊。食料の供給が絶たれた包囲網内では民間人二十五万人が生活
＊十月　バナのツイートが世界の注目を集める
＊十一月　政府軍がアレッポで激しい攻撃を続ける
＊十二月　政府軍がアレッポ東部を完全制圧。アサド大統領が勝利宣言。バナ一家がトルコへ脱出
＊十二月　ロシアとトルコがシリア全土の停戦案に合意

二〇一七年…………

＊四月　北西部のイドリブで政府軍が爆撃。化学兵器を使用したと疑われる。対抗措置としてアメリカ軍が政府軍の支配下にある空軍基地を巡航ミサイルで攻撃
＊九月　国連人事委員会が任命した国際調査委員会が、政府軍が複数回にわたり化学兵器を使用したと認定する報告書を発表。アサド政権は否定
＊十月　バナがニューヨークの国連本部を訪問

訳者あとがき

「I need peace（わたしは平和が欲しい）」

二〇一六年九月二十四日、ツイッターにこんなツイートが寄せられました。声を発したのはシリアのアレッポに住んでいた、七歳の少女バナ・アベド。内戦が続くシリアのアレッポで政府軍による包囲に苦しむ中、ツイッターというツールを手に入れたバナが初めて世界に向けて発したメッセージは、平和を求める切実な願いでした。

本書は、SNSで話題となった、難民の権利や平和を訴える少女の目から見たシリアでの暮らしや内戦について語られた本です。

アレッポの現状を伝えるバナのツイッターアカウントを世界的に有名にした最初のツイートは、「今夜、わたしは死んじゃうかもしれない。とてもこわい。爆弾に殺されてしまう」というものでした。爆弾の落ちる音が遠くから聞こえる中で闇夜を見つめ、両耳をふさいでいるバナの映像が添えられています。このツイートは多くの反響を呼びました。それからもバナは英語ができる母親の助けを借りながら、ツイートし続けます。

「今、うちの近くに爆弾が落ちている」

「ひとつだけ残っていた子どものための病院が爆撃されてしまったの」

もっとも反響を呼んだツイートは、アレッポが包囲されている真っ最中に発せられたものでした。

「わたしの名前はバナ。七歳です。わたしは今、東アレッポから世界に語りかけています。生きるか死ぬか、これが最後の瞬間です」

いつ命を失うかわからない状況で、七歳の少女がシリアの惨状を克明に伝え、子どもたちを救ってほしいと訴えるツイートは多くの人の心をとらえていきました。バナが願ったように、アレッポの現状を世界中の人々に知ってもらえるようになっていったのです。

バナのツイートには作家のJ・K・ローリングや女優のリンジー・ローハンといった著名人も関心を寄せています。本書では触れられていませんが、J・K・ローリングがバナに「ハリー・ポッター」シリーズの本を贈ったというエピソードもあったようです。「ハリー・ポッター」の本をバナが読みたがっているが手に入らないという母親のツイートに、ローリングがすぐさま反応したのでした。本が読みたいという話があってから二日後には、バナからの感謝のツイートがあります。「そんなに速く、どうやって戦地に本を送ったんだ」という声に対して、ローリングは一言、「e-book（電子書籍よ）」と答えています。

無事にシリアを脱出してからも、バナは平和を願うツイートを続けており、彼女が直接ツイートした政治家もたくさんいます。例をあげると、エマニュエル・マクロン（フランス大統領）、ドナルド・トランプ（アメリカ大統領）、ヒラリー・クリントン（アメリカの政治家）、ジャスティン・トルドー（カナダ首相）、テリーザ・メイ（イギリス首相）、サルマーン（サウジアラビア王子）、ムハンマド・ビン・ラシド・マクトム（UAE首相）、アンジェリーノ・アルファノ（イタリア外務大臣）。そして、国連にもツイートしているようです。

ツイッターを利用するだけでなく、つたない英語で手紙も書いており、ドナルド・

トランプやテリーザ・メイに、「シリアの子どもたちを救って」「シリアの人々に薬や医者や水やミルクを送って」と懇願しています。

本書には載っていない、バナがシリアを離れてからのツイートもいくつかご紹介しましょう。

「希望を捨てないで。わたしは爆撃が三カ月続いてもあきらめなかった。だって、つらいときは希望が人生そのものだから」

「ペンをとって、心の中で『LOVE』って書くの。覚えておいてね。人生はいつだってすてきよ、『LOVE』があれば」

「あなたが笑えば、平和が一歩前進する。あなたが愛せば、世界のみんなが一歩前進する」

第二次世界大戦中にナチスから迫害されたアンネ・フランクが書いた『アンネの日記』はあまりにも有名ですが、その著者になぞらえて、「現代のアンネ・フランク」とも呼ばれるバナ。彼女はアメリカの雑誌『タイム』が発表した二〇一七年の「インターネットで最も影響力のある二十五人」に選ばれました。「ジャーナリストがほとんど近づけない場所から、内戦の恐ろしさを伝えてくれた」というのが理由だそうです。現在、バナのアカウントのフォロワーは三十六万人にも達しています。

とはいえ、やはりまだ七歳（現在は八歳）の少女。歯が抜けた体験を語ったり、ハリー・ポッターみたいになりたいとも言ったりしています。

プリンセスに憧れるバナはお気に入りのラプンツェルのように長い髪にしたくて伸ばしているのだとか。ツイッターを通じて同年代の友だちもでき、たとえばアメリカのガブリエラという少女とは、手紙のやり取りもして、いつか会う約束もしているようです。

ところで、著者の名前（Bana Alabed）についてですが、インターネット上では「バナ・アルアベド」「バナ・アラベド」など、いくつかの表記が見られます。本書では、報道で使用されて定着した表記に倣って「バナ・アベド」を採用したことをお断り申し上げます。

トランプ大統領の移民禁止政策が大きな話題になっているように、難民対策は世界的な問題となっています。本書は、抑圧された多くの人々に、小さいけれども力強い声を届けてくれることでしょう。

最後になりましたが、この本の制作に力を貸してくださったみなさま、特に編集の矢島和郎さんに心から感謝を申し上げます。

二〇一七年十一月

金井真弓

バナ・アベド Bana Alabed

2009年、シリアのアレッポに生まれる。2016年のアレッポ包囲の最中に発信したツイート、平和を求める声や国際紛争の終結を呼びかける声により、世界中に知られるようになる。空爆や飢え、家族が死ぬ怖れへの不安といった、アレッポにおける恐怖の日々を克明に伝えたバナのツイートは全世界から多くの支持を集めた。2016年12月、バナと家族は無事にアレッポからトルコへと脱出。バナは大人になったら母親と同じように先生になりたいと語っている。彼女の父親は弁護士、モハメッドとヌールという弟がいる。本書はバナの初めての著書である。

金井真弓 (かない・まゆみ)

翻訳家。千葉大学人文社会科学研究科修士課程修了。おもな訳書に『幸せがずっと続く12の行動習慣』(日本実業出版社)、『リストマニアになろう』(小社) などがある。

DEAR WORLD
by Bana Alabed

バナの戦争
ツイートで世界を変えた7歳少女の物語

2017年12月24日　第1刷発行

著　者　バナ・アベド
訳　者　金井真弓
発行者　土井尚道
発行所　株式会社　飛鳥新社
〒101-0003東京都千代田区一ツ橋2-4-3
光文恒産ビル
電話（営業）03-3263-7770（編集）03-3263-7773
http://www.asukashinsha.co.jp

ブックデザイン　井上新八

印刷・製本　中央精版印刷株式会社

ISBN978-4-86410-581-1

編集担当　矢島和郎